超訳『源氏物語』

千年たっても恋してる

noritamami

三和書籍

もし、あなたが

「源氏物語って、どんな物語なの？」

と聞かれたら、どう答えますか。

「光源氏という美男子でプレイボーイの恋愛話が、延々と続く古典だよね。古文の授業でちょっとやったけど、複雑で……」

なんていう声が多く聞こえそうです。

『源氏物語』は、光源氏の出生から、モテモテの全盛期を経て、衰退。そして、光源氏の子孫の話が中心になる後半までの、全五四帖に渡る大巨編です。

また、光源氏の物語の裏には、さまざまな人物や事件も出てきます。例えば、

・妻一筋の男
・男女関係の悩み
・浮気の話
・社会での女性の立場
・嫉妬に陰謀
・不器用で一途な女のシンデレラストーリー

などなど、本当に多岐に渡ります。
どうして、そんな物語になったのでしょうか。

『源氏物語』の作者は、紫式部という平安時代に生きたシングルマザーです。この物語は、「男女関係のリアルな姿は、こういうもの」という、紫式部の思いがあるような気がしてなりません。

そして、紫式部が『源氏物語』に描き出した姿こそ、千年たっても変わらない人々の普遍の姿なのかもしれません。

そう考えてみると、今でも変わらず愛読されている理由も、頷けます。

本書は、そんな日本が世界に誇れる文学『源氏物語』の中から、令和の時代にも通ずる名言の数々を取り上げたものです。順不同ですので、気になる名言から読んでみてください。どこから読んでもＯＫです。

ぜひ本書をきっかけに『源氏物語』の大世界を楽しんでいただけたらと思います。

noritamami

目次

第1章　恋愛を巡る名言……17
第2章　夫婦を巡る名言……89
第3章　「女性」を巡る名言……117
第4章　生き方を巡る名言……135
第5章　人生を見つめなおす名言……205

本書の楽しみ方

いつの時代であっただろうか。無数の女性がいる中で、帝の愛を独占している身分の低い女性がいた。

いづれの御時にか、女御、更衣あまたさぶらひたまひけるなかに、いとやむごとなき際にはあらぬが、すぐれて時めきたまふありけり。

（第一帖「桐壺」）

①意訳
原文をもとに、現代の私たちにも理解しやすい言葉に置き換えました。

②原文
『源氏物語』に記載されている原文です。表記は適宜「、」や「。」をつけています。

③巻の名称
原文が収録されている巻の名前を記しました。

解説

『源氏物語』の冒頭は、帝から寵愛を受けた桐壺への「イジメ」の話から始まります。

虐められている女性・桐壺は、病気がちになり、光輝く幼い子を残して死去。

その美しい遺児が光源氏です。

『源氏物語』の中で、一番知られている場面でしょう。

逆にいえば「ここしか知られていない部分」かも知れません。

『源氏物語』は決して読みやすい文章ではなく、しかも同じ人物でも名前がよく変わるなど、複雑怪奇。全五四帖もあり、作品の中の時間は約七〇年にも渡る、大巨編です。

さらに、人物関係もややこしく、まるでパズルのような物語です。

その、すべてのスタートが、この冒頭の言葉です。

④解説

名言の意味や、物語の背景など、簡単な解説をつけました。

主な登場人物

・光源氏《ひかるげんじ》

『源氏物語』の主人公。器量好し、頭脳明晰のスーパープレイボーイ。さまざまな女性を口説き落として関係を結んでいき、家を継続し、地位を築く。

・桐壺帝《きりつぼてい》

光源氏の父。優れた手腕で一時代を築く。桐壺更衣を寵愛しすぎたために、桐壺更衣を嫉妬の渦中に貶めることになる。

・冷泉帝《れいぜいてい》

表向きは桐壺帝と藤壺の息子。桐壺帝の後の天皇となる。その実は、光源氏と藤壺の間に産まれた子で、公にはされていない。光源氏はこの秘密のために苦しむことになる。

・桐壺更衣《きりつぼこうい》

光源氏の母。低い身分の出身だが、その優れた容姿から桐壺帝の寵愛を受け、正妻格の扱いとなる。しかし、身分が低いことから周囲の嫉妬を一身に受けてしまうことに。光源氏を産んだ後、早くに亡くなる。

・藤壺《ふじつぼ》

桐壺更衣亡き後の、桐壺帝の正妻格の女性。桐壺更衣によく似た容姿をしていて、光源氏と密かに通じることで冷泉帝を産むことになる。

・葵《あおい》の上《うえ》

光源氏の最初の正妻。結婚当初、光源氏との夫婦仲は冷え切っていた。懐妊後、つわりに苦しむ葵の上を見た光源氏は、葵の上を愛しく思い、次第に夫婦の仲がよくなっていく。その後、物の怪に取り憑かれるようになり、夕霧を産んだ後に他界する。

・六条御息所《ろくじょうのみやすどころ》

桐壺帝の弟（前坊・物語開始時点では故人）の妻。光源氏の初期の恋人の一人。気品が高く、素直な態度をあまり見せない。気位が高いのだが、堅物の女性。真面目な彼女に、光源氏の気持ちはだんだん離れていってしまい……。

・空蝉《うつせみ》

上流貴族の娘であったが、父の死後に没落。小柄で器量良しとは言えないが、趣味が良く、次第に光源氏の関心を惹く。境遇や身分が似ていることから、作者・紫式部自身がモデルになっていると言われている。

・夕顔《ゆうがお》

三位中将の娘で頭中将の側室という身分ながら、頭中将の正妻の嫉妬を恐れ、市井の女として暮らしている。物語の早い段階で光源氏の愛人となるが、とある出来事のために、若くして亡くなってしまう。

・末摘花《すえつむはな》

皇族の女性だが、父親を早くに亡くしているため、あばら屋に住むほど、お金に困っている。容姿は醜く、趣味も悪いのだが、一途な姿勢から光源氏の同情を誘い、援助を受ける。

・紫の上《むらさきのうえ》

光源氏の妻の一人。容姿良し、趣味良しといった具合に、理想的な女性として描かれる。藤壺の姪にあたり、幼い頃、光源氏に垣間見された後、略奪されるような形で結婚。以後、主要人物としてたびたび登場する。

・朝顔《あさがお》

光源氏のいとこ。光源氏が長い間、思いを寄せている女性。文のやり取りを長く続けているが、朝顔は光源氏の誘いをやんわりと断り、受け入れない。「朝顔」の名前は、以前に光源氏が朝顔を送ったことに由来する。

・女三の宮《おんなさんのみや》

朱雀院（桐壺帝の長男で、冷泉帝の兄）の第三皇女。出家する朱雀院が光源氏へ降嫁させたはいいが、過保護に育てられたあまり、光源氏の趣味に沿わなかった。その後、柏木との不倫で子どもをなすと……。

・朧月夜《おぼろづきよ》

時の権力者、右大臣の娘、かつ、弘徽殿女御の妹であり、光源氏の兄、春宮（後の朱雀帝）の婚約者という身分。

しかし、光源氏は、朧月夜と関係を持ち、後にそれが原因で光源氏は須磨へ下ることになる。

・明石《あかし》の君《きみ》（明石《あかし》の御方《おんかた》）

明石入道の娘。明石にいた頃の光源氏の愛人の一人。後に光源氏の一人娘を産む。

・玉鬘《たまかずら》

夕顔と頭中将の娘（頭中将はそのことは知らない）。夕顔に似てとても器量が良い。光源氏は玉鬘の後見人になるも、玉鬘に恋心を抱き、そのことに玉鬘はとても戸惑っている。

・浮舟《うきふね》

光源氏の姪にあたるが、母が女房であったため、父の宇治八の宮からは認知されなかった。その後、薫の愛人となるが、忍び込んできた匂宮とも関係を持ってしまう。二人の間で苦しむ浮舟はついに自殺を試みる。

・頭中将《とうのちゅうじょう》

光源氏の従兄に当たり、葵の上の同腹。背の高いイケメンで、芸術にも秀でている。物語中、光源氏の親友兼ライバルとして描かれる。夕顔の遺児、玉鬘の実父だが、本人はそのことを知らない。

・明石《あかし》の入道《にゅうどう》

桐壺更衣の従兄弟にあたる。父は大臣で、自身も三位中将であったのだが、夢で啓示を受け、自ら播磨守へと下り、出家までする。娘の明石の君に並々ならぬ期待を寄せていて、光源氏が須磨に流れてきた知らせを受けるとすかさず迎えにいき、娘を嫁がせようとする。

・柏木《かしわぎ》

頭中将の長男。父親譲りの芸術の才能があり、笛が得意。夕霧とは親友関係にある。落葉の宮を妻にもつが、ふとしたことで女三の宮を垣間見た際に一目惚れ。思いを遂げるも、光源氏に事実を知られ、恐怖に苛まれた結果、亡くなってしまう。

・夕霧《ゆうぎり》

光源氏と葵の上の間に生まれた長男。光源氏譲りの美貌を持つが、実直すぎる性格から恋愛下手と描写される。内大臣（頭中将）の娘・雲居雁と長年両思いであるが、内大臣が恋路を阻んでいる。

・匂宮《におうのみや》

今上帝（物語中最後の天皇）の第三皇子で、母は光源氏の娘の明石の中宮。つまり、光源氏の外孫に当たる人物。自由気ままに恋愛したい匂宮は、薫の恋人と知りながら浮舟に近づき、浮舟の入水を図る原因となった。

・薫《かおる》

表向きは光源氏と女三の宮の次男。その実、柏木と女三の宮の不義の子。公にはされていないが、薫もうっすらと気づいている。宇治の大君を偶然垣間見し、一目惚れ。その大君に生き写しの浮舟を愛人とする。

スタッフ

イラスト：鈴木勇介
協　力：NPO法人 企画のたまご屋さん
編集担当：小玉瞭平

第1章　恋愛を巡る名言

この世に二人といないようなイケメン。
輝き、匂い立つ美しさ。こんな赤子を見て、世間の人々は噂した。
「光の君」だと。

世にたぐひなしと見たてまつりたまひ　名高うおはする宮の御容貌にも　なほ匂はしさはたとへむ方なくうつくしげなるを　世の人光る君と聞こゆ

（第一帖「桐壺」）

解説

幼い時から、光輝くような魅力を放つ男児。その人こそが、私たちが認識している物語の主人公「光源氏」です。普通ではありえない、すごい設定です。この設定により、これから始まる物語に「大きな種」を蒔いたのです。

「光源氏」は、名前ではありません。いわばあだ名。右の言葉にもあるように、光り輝くように美しいから「光の君」。そして「源氏」というのも、親の名前（父親は桐壺帝）ではなく、「どんな名前にしようか。あ、貴族の名前の源氏がいいや」と付けられたもの。

帝は息子の将来を考え、皇族ではなく、「貴族」とすることに決めていたので「源氏」にしました。当時はこうした命名が普通に行われていました。物語の中では「六条院」など、その時々に応じていろいろな名で呼ばれています。

男は単細胞。

男しもなむ、仔細なきものははべめる

（第二帖「帚木《ははきぎ》」）

解説

まさしく言えてます。自身の恋愛体験の話の後に、こう言っているのは、男性の藤式部丞《とうしきぶのじょう》。

ある時、藤式部丞は「非常に学識高い女性」とお付き合いすることになりました。女性の父親は学者で、その父親の紹介です。

その女性は、常に「教養話、儒教」の話ばかりして、なんだか付き合っているというより「学校に行っているみたい」で、藤式部丞の足は女性からだんだん遠のいてしまいます。

やがて、女性に会いに行った時「私（女性）は、薬としてしばらくニンニクを食べていたので、くさいから会いません」と言ってきました。了承する藤式部丞。

そもそも、関係が堅苦しかったこともあり、そのまま疎遠になり、ほどなく別れています。

ニンニクがきっかけで関係を切った男（会わなかったのは女ですが）。気持ちはわからなくもないですね。

男女の中も
長く慣れ親しんでくると、
かえってイヤなことも増えてくるものですね。

馴れゆくこそ、げに、憂きこと多かりけれ。

（第二〇帖「朝顔」）

解説

光源氏が以前から熱を上げている女性を再び口説いていると知り、光源氏の妻・紫の上が放った言葉。

この発言の直前で光源氏は、あまり紫の上との時間を取らないことに対して「たくさん一緒に居ると、あなたに飽きられるかもしれないからだよ」という言い訳をしています。

当時は当たり前に行われていたこととはいえ、光源氏の行動と発言は褒められたものではありません。

物語の中でも、「光源氏は立派な人だけど、いつまでも好色が過ぎるね」と、周囲の人々の言葉としてきちんと批評されています。

それにしても、男女が夫婦として長い間一緒にいると遠慮がなくなり、時に悲しい言動があるのは、今も変わりませんね。

恋の山路では
孔子でさえ迷い悩みます。

恋の山には孔子の倒れ

（第二四帖「胡蝶《こちょう》」）

解説

堅く実直な髭黒《ひげくろ》の右大将が、恋に翻弄されています。
美女・玉鬘のもとに届いた恋文の数々を光源氏が見ている場面。それら手紙の中に、真面目な髭黒の右大将の恋文があり、たどたどしいのを見て、光源氏の放った言葉です。

『論語』の孔子でさえ、恋の道では迷う、というストレートな意味です。
「孔子も倒るる恋の山」とも。
『源氏物語』の時代には、すでに流布していた諺《ことわざ》です。

余談ですが、この諺には、「いくら立派な道徳や理屈でも、実際の世の中では必ずしも役に立たない」という意味にも使われます。

恋仇の不幸を、願おうとは思わない、
でも、魂は叫んでる。
私の男を返せと。

身一つの憂き嘆きよりほかに、
人をあしかれなど思う心もなけれど

（第九帖「葵」）

解説

当時、人の魂は体を抜けて、相手に呪い・取り憑くと考えられていました。光源氏の正妻・葵の上が、なにか物の怪・生霊に苦しめられていると聞き、光源氏の愛人の一人、六条御息所が「ひょっとして、憎しみのあまり、私の知らぬ間に、私自身が生霊となって取り憑いているのでは」と考えている場面です。それは、実際に彼女の生霊でした。

「正妻」と「愛人」という立場の違いもありますし、直前に公の場（葵祭《あおいまつり》）で、葵の上の従者から屈辱的な扱いを受けたのも、六条御息所の憎しみの下地になっています。

自分でも知らぬ間に、体を抜け出し、相手に取り憑いている。それが可能かどうかは別として、それだけ「人の恨み、憎しみ、嫉妬」のエネルギーの凄まじさを感じさせる場面です。

今日は、いつもより「やつれた顔」をしているので、
お会いしたくないのです。

常よりもわが面影に恥づるころなれば、
疎ましと見たまひてむも、さすがに苦しきは、いかなるにか。

（第四七帖「総角《あげまき》」）

解説

大君《おおいきみ》（女性）が薫（男性）に返答しています。

薫は、かねてから思いを寄せている大君を訪ねました。しかし、大君は以前のように直接顔を合わせてくれることがないので、薫が「お顔を見て話したい」と言ったことへの返答です。「本当はお会いしたいのですけれど、嫌われたくない」という気持ちを伝えています。

容姿の衰えにより、男性の愛が冷めるのでは、という女性の気持ちは古来、さまざまな物語や歌に読まれています。

この大君は、美意識が非常に高い女性で「あと一、二年したら、いまより衰える」「私もだんだん盛りが過ぎてきている。鏡を見るとやつれている自分が見える」などの記述があります。

大君は、やがて枯れていくような死を迎えます。自分を客観視する目は大切ですが、あまりに悲観的な考えも、自身の人生を良くも悪くも決めてしまう。大君の人生はそんなことを示唆しているようです。

あなたが出世しなくてもいい。お金持ちなんかでなくてもいい。そんなのは気にしない。でも、浮気だけは許せない。私だけを女として愛してほしい。

人数なる世もやと待つ方は、いとのどかに思ひなされて、心やましくもあらず。つらき心を忍びて、思ひ直らむ折を見つけむと、年月を重ねむあいな頼みは、いと苦しくなむあるべければ、かたみに背きぬべききざみになむある

（第二帖「帚木」）

解説

左馬頭《さまのかみ》の元カノ・通称「指噛み女」の言葉を、左馬頭が体験談として語っています。

なぜ「指噛み女」かというと、左馬頭との痴話喧嘩中に、左馬頭の指にガブリと噛みついたからです。

何を異性に求めるかは、人それぞれです。

経済的な安定、見た目、家事の分担、精神的成熟度、現在だったら喫煙の有無なども入りそうですね。そして、この「指噛み女」が大事にしていたのは、なんといっても「自分だけを愛してくれる男性」でした。しかし、左馬頭はいろいろな女のもとに通うこと（当時は当たり前の習慣）をやめなかったので、嫉妬し、やがて別れてしまいます。

あとになって、左馬頭は「本当に大切だったのは、あの女性だった。妻にしたかった」と思いますが、時すでに遅し。女性は亡くなっていました。

最後の日まで一緒だよ、と約束してくれたあなた。でも、人は誰でも死ぬもの。さようなら、あなた。ほんとうは、もっと一緒に生きたかった。

限りとて　別るる道の　悲しきに
いかまほしきは　命なりけり

（第一帖「桐壺」）

解説

『源氏物語』の和歌七九五首のうち、その一首目です。

自分の死期を悟った桐壷更衣が、愛する帝と交わした和歌です。

「人は誰でも死ぬもの（限りとて）」と言いながら、本当はもっと生きたかったという切ない言葉で終わります。

『源氏物語』は、まさしく「大河ドラマ」です。

七〇年余りの時間軸の中で、五百名近い人物が出てきます。

ありとあらゆる人物像が描かれる大巨編。

その最初の主役が、この桐壷更衣です。

時の帝に愛され、愛され過ぎた故に、他の女性に嫉妬され、いじめられ、光源氏を産んで、ほどなく亡くなります。この桐壷更衣の悲劇が、『源氏物語』のすべてのスタートです。

男から「あなたを愛している」とあんなに求愛してきたのに。どうして関係をもったとたん、女の扱いが雑になるのでしょう。

とけがたかりし御気色を、おもむけ聞こえたまひて後、ひき返し、なのめならむは、いとほしかし。
されど、よそなりし御心惑ひのやうに、あながちなる事はなきも、いかなることにかと見えたり。

（第四帖「夕顔」）

解説

光源氏に情熱的に口説きに口説かれ、身を任せた六条御息所。体を許した途端に、光源氏が冷淡な態度になり悩み恨んでいます。

しかし、自分が光源氏より年上ということもあり、素直に気持ちを表すのをためらっています。「嫉妬なんかしません」と表面上取り繕いながら、心の中でさまざまな気持ちが交錯しています。「とけがたかりし～」という言葉もその一つ。

一方、光源氏も、彼女の「欠点の無い」振る舞いに息苦しさを覚えはじめています。

後日、光源氏は久しぶりに六条御息所のもとを訪れますが、同じ家にいた女性を口説きはじめます。

これはさすがに「最初だけ情熱的で、なんで男は！」という気持ちになりますね。

あの人から連絡がこない。
こちらから連絡を取ろうか。
悩んでいるうちに、日が暮れてしまった。

夜の御座に入りたまひぬ。女君、ふとも入りたまはず、聞こえわづらひたまひて、うち嘆きて臥したまへるも、なま心づきなきにやあらむ、ねぶたげにもてなして、とかう世を思し乱るること多かり。

（第五帖「若紫」）

解説

光源氏が、気になっている年の離れた少女（紫の上）にどんな手紙を送ろうか思い悩んでいる場面です。

男と女のすれ違い。どの時代でもこの手の悩みはあるものです。

平安時代はひらがな、かたかなが誕生して、空前の「手紙ブーム」でした。それまで漢字しかなかったのが、比較的誰もが書きやすいひらがな、かたかなが出てきました。

香を焚き染めた紙に、恋の和歌などをしたため、「結び文」といって、木の枝や花の枝などに結んで送るのが雅とされました。いわゆる「封筒」は後の世の習慣です。

その花の枝などに結ばれた文を、使用人などが相手の家に届けます。雅ですね。

どの紙を使おうか、恋文にはどんな和歌をよもうか、どの枝に結ぼうか……すべてが恋愛のテクニックでした。

いっそ、すべて忘れ去ってしまおうと思うと、
かえって、愛おしくなるものだ。

よろづのこと、来し方行く末、思ひ続けたまふに、悲しきこといと
さまざまなり。憂きものと思ひ捨てつる世も、今はと住み離れなむ
ことを思すには、いと捨てがたきこと多かる

（第一二帖「須磨」）

解説

光源氏は、流刑にされかねない大きな女性問題を起こします。それは義母との不倫や、帝の婚約者・朧月夜との密会など。官位を追われ無職になり、妻・紫の上を京に残し、田舎の須磨に逃げます。その際の言葉。それまで「イヤ」だと思っていた環境も、いざ失うとなると大切なものに思えるものです。

でも、それだけで終えないのが、『源氏物語』の重層的なところです。光源氏は、京を去るにあたり、親しい知人に挨拶して回るのですが、そこに反省の色はなく「私には過失はないのに、こんな目に会うのは心外」「常識のない世の中だから、こんな目にあってしまった。前世からの因縁であろうか」とも言っています。

「失ってはじめてわかる大切さ」だけでなく、「人間の愚かしさ」をも描いている場面です。

あなたと、一緒に過ごせたら、
私の悩みは半分になります。

むつごとを　語りあはせむ　人もがな
憂き世の夢も　なかばさむやと

（第一三帖「明石」）

解説

光源氏がスキャンダルを起こし、京から逃げるように須磨に移った時のこと。光源氏が近くにいることを知った明石の入道が「我が娘（明石の君）を……」と明石の君を紹介します。明石の入道の熱意に負け、また生来の「女性好き」もあり、光源氏は明石の君に会います。その時に、光源氏が明石の君に送ったのが、この和歌です。

現在のプロポーズとしても通用するのではないでしょうか。琴の音を背にしながら、気後れしている明石の君に、光源氏は自身の辛い立場を伝え、「あなたとなら」と歌いました。

この歌に対して明石の君は、「闇夜に迷っているような私には、これが夢なのか現実なのか区別がつきません」と返しています。

二人は結婚し、明石の君は光源氏の一人娘（後の皇后）を産んだこともあり、のちのちまで京で暮らします。

二人の男性から求婚され、どちらにも決められずに、
川に身を投げた話もあったのです。
私も、どちらかの男性を選ぶなんて、できません。

一方一方につけて、いとうたてあることは出で来なむ。
わが身一つの亡くなりなむのみこそめやすからめ。
昔は、懸想する人のありさまの、いづれとなきに思ひわづらひてだ
にこそ、身を投ぐるためしもありけれ。

（第五一帖「浮舟」）

解説

この言葉は、『生田川伝説』が下敷きになっています。伝説では、二人の男性から求婚された女性が決めかねて、「水鳥を射た方と結婚します」と二人に告げます。

その結果、一人は鳥の頭を、もう一人は鳥の尾を射ち抜いたため、女性がどちらにも決められず、悩んだあげく、生田川に身投げしてしまいます。男性二人も後追いし、三人とも死んでしまったという話です。

この故事は、二人の男性（薫と匂宮）との間に板挟みになった浮舟が悩んでいる場面と重ねられています。

後の話で、浮舟はしがらみの中で最悪の選択、身投げをしてしまいます。幸い、僧都に助けられ未遂に終わり、その後、出家し尼になりました。

男はよく嘘をつくものだ。好きでもない女に、体目当てで「愛している」と平気で嘘をつく。

男といふものは、虚言をこそいとよくすなれ。
思はぬ人を思ふ顔にとりなす言の葉多かるもの

（第四七帖「総角」）

解説

女性たちが集まって過去の恋愛談義。男性が全員そうとは限りませんが、千年前から変わらず、現在でも否定できない事実です。

「嘘」と「間違い」の違いですが、一般的に「間違い」はシンプルなミスなのに対して、「嘘」は「自分の利益を計って、事実と異なることを相手に伝えること」とされます。この場面で語られている虚言は、「自分の利益（女性の体目当て）」なので典型的な「嘘」です。

嘘の種類にもよりますが「嘘をついたり、つかれたり」で、これからも悲喜交々《ひきこもごも》の人生模様が、物語の中だけでなく現実の世の中でも描かれることでしょう。

両親は、いろいろな縁談の口を持ってくる。
でも、わたしは普通の結婚や幸せなんか、もう望まない
と心に決めていた。
そう心に決めたのは、あの人のため。

親はよろづに思ひ言ふこともあれど、世に経むことを思ひ絶えたり

（第一四帖「澪標《みおつくし》」）

解説

あの人。つまり、光源氏のことが忘れられない。でも、光源氏との結婚の望みも無い。かつての逢瀬が忘れられず、ひたすら「好き」だけで生きる女性。そんな女性として物語に出てくるのが筑紫《つくし》の五節《ごせつ》です。はたして彼女は幸せなのか、そうでないのか。一人の男を思い続ける。それも一つの生き方です。

彼女のその後は不明です。

「その後が不明」と書きましたが、この筑紫の五節という女性は、『源氏物語』の中で、過去を思い出す場面や、和歌のやりとりなど、断片的には出てくるものの、直接、光源氏と出会う場面が描写されていないからです。いわばちゃんとしたストーリーがないまま、回想シーンにチラと映る女性みたいなもの。このことから「『源氏物語』には、彼女のことがしっかり書かれた失われた箇所があるのではないか」「いや、あれだけ登場人物が多いから、そんな女性もいるだろう」などと議論になっています。

僕は、君にとって大事な人なんだよ。
だから冷たくしないでね。

今は、まろぞ思ふべき人。なうとみたまひそ。

（第五帖「若紫」）

解説

まだ一〇歳の少女・紫の上を、こんなセリフで口説く光源氏。

一見、普通の口説き文句に見えますが、通常とは逆です。

「君は僕にとって大事な人」

ではなく、

「僕は君にとって大事な人」

なのです。


まろぞ思うべき人＝私こそ、好きになるべき人。

なんという自信、なんという傲慢。


普通とは逆の言い方は、時に強く印象に残るものです。

どちらが狐なんだろうね。
このまま騙されてみないかい。

げに、いづれか狐なるらむな。
ただはかられ給へかし。

（第四帖「夕顔」）

解説

お互いに素性を明かさない男女の会話です。

その男女の正体は、光源氏と夕顔。

この言葉は「お互いによく知らないのに、男女関係になるのは変よ」という夕顔に対し、光源氏が言った言葉です。

これに対し夕顔も「騙されるのもいいかもね」と納得している様子。大人同士の関係ですね。

二人は、この時が初対面。

そして、最後の対面になります。

その夜に、体を重ねる二人は生霊・妖怪に取り憑かれ、夕顔はそのまま亡くなってしまいます。

大きな代償を払う二人です。

私は、あなたのことを素晴らしい男性だとお慕い申し上げています。それなのに、私に見向きもしないで、なんということもない女と一緒に過ごしている。恨めしい。

おのがいとめでたしと見奉るをば、尋ね思ほさで、かく異なることなき人を率ておはして、時めかし給ふこそ、いとめざましくつらけれ。

（第四帖「夕顔」）

解説

光源氏が夕顔と逢引して、寝ている時に、枕元に出て語る生霊・妖怪の言葉です。

光源氏が、夕顔に逢ったのは、この日が最初です。いわば、初対面の女性を連れ込んで、関係を持とうとしている場面。

この生霊・妖怪は、愛人の一人・六条御息所の生霊とも、連れ込んだ場所にいた妖怪とも言われています。当時は、生きている間でも生霊となって、人に取り憑くことができると信じられていました。

この生霊・妖怪は、この後に夕顔を殺してしまいます。

正体が何にせよ、人の怨念の凄まじさ、人をも呪い殺す嫉妬の強さを感じさせる場面です。

まさかあなたが、私を裏切っていたとは。
他の男と会っていたことなんて知らず、
私だけを待っているものと思っていました。
人を笑いものにしないでください。

波越ゆるころとも知らず末の松　待つらむとのみ思ひけるかな
人に笑はせたまふな

（第五一帖「浮舟」）

解説

恋人の女性・浮舟が、ひそかに別の男性・匂宮とも逢引したことを知った薫。その薫が、浮舟に送った怒りの歌とセリフです。

「波越ゆるころとも知らず末の松」とは、小高いところにある松を、海の波が超えることがないように「ありえないこと」という意味で、和歌などによく使われる表現です。

あなたが、私以外の男性と逢うなんてありえない！　という意です。しかし、これは浮舟にとっては不可抗力でした。匂宮が、恋人の薫の真似をして（薫と同じ香を焚き染めるなど）、夜間にこっそりと浮舟に近づいたのです。

そして浮舟は、情熱的な匂宮にも惹かれてしまいます。男女のすれ違いは、いつの世もあるものです。

あなたって、ほんと口先だけの軽い男！
別れを惜しむようなことを言いながら、
別の女のところに向かうんでしょ。

うちつけの
別れをおしむかごとにて
思わむ方にしたひにやはせぬ

（第一四帖「澪標」）

解説

言われているのは光源氏。

言っているのは、光源氏の娘の乳母となる若い娘です。

光源氏の妻の一人、明石の君が女の子を出産。その赤ちゃんのために乳母を選び、送り出すところです。

乳母とは初対面にも関わらず「君を離したくない、私のところに戻っておいで」という光源氏。そんな光源氏へ若い娘の痛烈な一言です。

若い時は、光るような素敵な男性だった彼でさえ、こうした「中年にさしかかった時の浅ましさ、気持ち悪さ」を加齢とともに、若い娘に指摘され始めるリアルさがしっかり描かれています。

乳母は怒っているわけでなく、プレイボーイに対しての若い娘のじゃれあいのような話です。

次に男女関係を持つまでの思い出の品くらいに思っていたのに、逢うことはかなわず、涙で袖が朽ち果ててしまいました。

逢ふまでの　形見ばかりと　見しほどに
ひたすら袖の　朽ちにけるかな

（第四帖「夕顔」）

解説

光源氏が空蝉に送った和歌です。

人妻の空蝉を、なかば手籠にするような形で、無理やりに関係を結んだ光源氏。しかし、次回から空蝉はそれを察し、何度も光源氏から逃げ回り、やがて夫の赴任変えに伴い、地方に越すことになります。その時に光源氏から送ったもの。傲慢な光源氏にとって空蝉の拒絶は手痛く、また、逆に思い出になります。初めての失恋でした。

きちんと自分を持ち、家庭を大事にし、特別に美しくはなくても上品な空蝉。そんな彼女のことを、のちのちまで光源氏は忘れることなく、ずっと大切な思い出として、最後まで大事にします。かなり後のことになりますが、空蝉は夫亡き後、尼になります。光源氏は、そんな彼女を尼のまま迎え入れ（＝男女関係は結ばず）、二条東院で最後まで面倒を見ます。

「自分を持つ」「簡単に関係を許さない」ことで、空蝉は自分の生き方をまっとうしました。

昔、お会いしたあなたを忘れることができません。
それなのに、逢っていいただけないとは。
男・女としての盛りは過ぎてしまったのでしょうか。

見しをりの　露忘られぬ
朝顔の　花のさかりは
過ぎやしぬらん

（第二〇帖「朝顔」）

解説

光源氏三二歳。その光源氏には一〇代の頃から慕い続けていた従姉妹の姫君がいました。それが、朝顔。

彼女とは便りのやり取りを交わす程度の関係でした。朝顔は父親の死去に伴い、近くの旧邸に移り住んでいます。昔からの思慕を思い出し、通う光源氏。しかし、なかなか逢ってくれません。ある朝、庭に萎れた朝顔を見つけ「花の盛りは過ぎたのでしょうか」と、和歌と萎れた「朝顔」を送りました。それがこの歌。和歌をもらった朝顔の方は、「わたしを朝顔にたとえていただき光栄です」と返歌しています。

かつて、この歌は「女性（朝顔）に、盛りをすぎた朝顔を贈る」という、デリカシーに欠ける場面と解釈されていたこともありました。しかし、近年の解釈では、「自分も相手も年をとった自覚」から、お互いにわかった上での、余裕ある大人の「恋愛を意識した関係」とされています。

いわば、光源氏が大人としての自覚を持った場面ともいえます。

この恋に、望みがないなら、人伝てでなく、あなたの口から「イヤです」とハッキリ言ってください。そうすれば諦めがつきます。

一言、憎しなども、人伝てならでのたまはせむを、思ひ絶ゆるふしにもせむ

（第二〇帖「朝顔」）

解説

光源氏が、朝顔を口説いている最中の言葉です。

ところで、この直前に光源氏は齢七〇歳を超える老女・源典侍《げんのないしのすけ》に男女の関係を迫られます。歳なので、歯がすべて抜け落ち、ろれつも怪しくなっていますが、色恋は大好き。たまたまのはずみで、過去に光源氏と関係を持ったことがありますが、光源氏からハッキリと「来世で会いましょう」と言われています。

その前提があり、次の場面で光源氏が朝顔を口説いています。すでにお互い中年の二人。世間の人もすでに中年になった光源氏に対して「いつまで色恋やってんだか」と、やや嘲笑的。

結果ですが、朝顔から「私には、関係を結ぼうという、そんな気持ちはまったくありません」とハッキリした返歌が返ってきました。

朝顔の心の内は、光源氏を嫌いというわけではなく、世間の女性のようにすぐ光源氏を好きになる女と思われるのを気にしての返答です。

風が吹き荒れ、雲が乱れる夕方
そんな時でも、
片時もあなたのことを忘れたことはありません。
いつもあなたのことを想っています。

風騒ぎ　むら雲まがふ　夕べにも
忘るる間なく　忘られぬ君

（第二八帖「野分《のわき》」）

解説

『源氏物語』二八帖の名前になっている「野分」。野の草を分けて通る風、現在でいう「嵐」や「台風」のことです。

野分の日、夕霧は父・光源氏の家を訪れます。

翌日、野分が去った後、夕霧が自身の恋人・雲居雁に贈った和歌です。

こうした不安な折に、誠実に連絡を取り、大事に想っていることをきちんと伝えた夕霧は、のちに雲居雁と結婚し、たくさんの子をもうけます。

あなたが、私に冷たいのは、いつものこと。
それでも、こんなにもあなたを恋しく思う私は、
おかしいのでしょうか。

つれなさは　憂き世の常に　なりゆくを
忘れぬ人や　人にことなる

（第三二帖「梅枝」）

解説

夕霧と雲居雁は、両思いにも関わらず二人の仲を認めない親によって引き裂かれました。やがて、夕霧に他の女性との縁談が持ち上がります。そんな時に、夕霧が雲居雁に送った歌です。

一方、雲居雁は夕霧の縁談のことを知っていたので「なによ！　他の女との結婚話があるのに、こんな歌を送ってきて！」と怒ってしまい、「冷たいのは、あなたのほうでしょう」という歌を、返しています。

しかし、夕霧は、雲居雁一筋なので、縁談にまったく興味がない状態でした。男と女のすれ違いが描かれている場面です。

「女は、イケメンをチヤホヤして面白くない。」
「イケメンってだけでチヤホヤするほど、女は単純じゃありません。」

人はみな　花に心を　うつすらむ　一人ぞまどふ　春の夜の闇

をりからや　あはれも知らむ　梅の花　ただ香ばかりに　移りしもせじ

（第四四帖「竹河《たけかわ》」）

解説

皆で宴会をしている席で、薫がいい男だからと女たちにチヤホヤされているのを見た、少将のボヤキの歌と、返歌です。

たしかに、皆が集まっている席で、特定の男性がチヤホヤされていると、つい心の中で自分と比べて「なんで、あいつはモテて、それに比べて俺は……」なんて思ってしまうのは事実です。

その少将のボヤキ（和歌）をたまたま簾の中で聞いた女性が返歌しています。「そんな単純なものではありません」と。

「いい男だからチヤホヤしている」も「女はそんなに単純なものではない」も、おそらくどちらも真実の一面です。

そのグラデーションのように濃淡ある男女関係の幅を紫式部は物語に託して描き、そして「唯一の正解」はありません。

それはあたかも「あなたは、どう思う？」と紫式部が突きつける問いのようです。

理想の女性など、なかなかいないものだ。思い当たるとしたら、あの女性だろうか。その女性の名は紫の上。彼女は「人を大切にする」と「自分を大事にする」を両立させている稀有な人だ。

げにこそ、ありがたき世なりけれ。紫の御用意、けしきの、ここらの年経ぬれど、ともかくも漏り出で見え聞こえたるところなく、しづやかなるをもととして、さすがに、心うつくしう、人をも消たず、身をもやむごとなく、心にくくもてなし添へたまへること

（第三四帖「若菜」）

解説

光源氏の子・夕霧が「理想の女性」として、美しい紫の上を頭の中で思い浮かべている場面です。この場面で、夕霧の頭の中で、紫の上は次の特徴を持っているとされています。

・悪い噂を聞かない
・奥ゆかしい
・人を大事にする
・自分自身を大事にしている

実は嫉妬深いところもある紫の上を、美化して見ている部分もありますが、こうした女性を「理想」としているところが興味深いところです。「人を大切にする」と「自分を大事にする」のどちらもあってこそ、うまくいくという作者・紫式部のメッセージを感じます。

このままわたしが消えてしまったら
名前がわからないと言って
あなたは　もう探さないの？

憂き身世に　やがて消えなば　尋ねても
草の原をば　問はじとや思ふ

（第八帖「花宴《はなのえん》」）

解　説

花を愛でる宴の夜。今日、初めて逢ったばかりの女性と強引に関係を結ぶ光源氏。

女性の方は「相手は光源氏」と知っていましたが、光源氏は相手の女性を知りません。安易に名前を聞く光源氏に対して、女性が「名前を知らなかったら、もう探さないの？」と問いかけています。

この女性・朧月夜は、実は近い将来、天皇に「女」として仕えるはずの女性でした。

この件もあり、光源氏は失脚し、須磨へ追いやられます。

簡単に女性に手を出す当時の男性の慣習を描きながら、しっかり「あんまり女を舐めないでね」というメッセージを、物語に仮託して描く紫式部の手腕はしたたかです。

都会の男の口車に乗せられて、簡単に寝てしまう女が田舎には居るかもしれません。でも、私がそんなことをしたら……きっと「寝た女の数」にもいれてもらえずに、ただ寂しい思いをするだけでしょう。

いと口惜しき際の田舎人こそ、仮に下りたる人のうちとけ言につきて、さやうに軽らかに語らふわざをもすなれ、人数にも思されざらむものゆゑ、我はいみじきもの思ひをや添へむ。

（第一三帖「明石」）

解説

田舎にやってきた有名人の光源氏が、一人で夜を過ごすのは寂しいからと、気軽に地元の有力者に「娘を差し出せ（＝夜のお供）」と言っている状況。そもそも、娘の親も「あの光源氏様なら」と乗り気です。しかし、娘の方が「そんなことをしても、ただ寝た女の数になるだけ。いえ、数にさえ入らないかも」と、光源氏が魅力的な男性と認めつつも、きちんと自分を守り、拒んでいます。その女性の名は、明石の君。

いろいろあり、最終的には関係を持つのですが、きちんと自分を持ち聡明な明石の君に興味を引かれた光源氏は、その後も明石の君に好意を持ち続けます。やがて光源氏の一人娘を産んだこともあり、のちに明石の君は、田舎の娘としては異例の大出世を遂げることになります。

あの女には負けない。
私が死んだら、きっとあの女は喜ぶだろう。
だから、私は絶対に死なない。

命長くも、と思ほすは心うけれど、弘徽殿などの、うけはしげにのたまふと聞きしを、空しく聞きなしたまはましかば人笑はれにや、と思しつよりてなむ、やうやうすこしづつさはやいたまひける。

（第七帖「紅葉賀《もみじのが》」）

解説

光源氏との間の「秘密の子」を妊娠した藤壺の言葉。

当時は、お産で亡くなる女性はとても多く、ある意味、よくある出来事でした。光源氏の正妻・葵の上も、出産後すぐに亡くなっています。

「あの女」とは、地位を争っているライバルの女性・弘徽殿《こきでん》のことです。お産で苦しみ、死にそうな藤壺を「あの女、お産で死にそうなんだって。ざまあ（うけはしげにのたまふ）」くらいに言っていました。

藤壺は、この怒りのエネルギーを、生きる活力に変え、一時は危ない状態から復活します。無事に出産し、のちに役職上でもライバル弘徽殿を追い越します。

怒りのエネルギーも、生きていく上で、立派な力になります。

美人な妻はいらない。人からなんと言われようと、私が欲しいのは「生活の安定」と「金持ちの家の娘」だ。

もはら顔、容貌のすぐれたらむ女の願ひもなし。品あてに艶ならむ女を願はば、やすく得つべし。されど、寂しうこととうち合はぬ、みやび好める人の果て果ては、ものきよくもなく、人にも人ともおぼえたらぬを見れば、すこし人にそしらるるとも、なだらかにて世の中を過ぐさむことを願ふなり。

（第五〇帖「東屋《あずまや》」）

解説

左近の少将が結婚観を仲人に語っています。ここまでハッキリ言葉に出してくれれば、仲人もやりやすいですね。しっかり「金持ちの家の娘」の親に紹介し成婚に至っています。

娘の親（成金）も「家柄」が手に入るので、OKを出しています。むしろ娘の親側も「家の財産は娘に継がすので大丈夫です」と男に言っています。

「金が欲しい男」と「家柄が欲しい家」の利害が一致しての結婚。

そうした結婚が、その後失敗するかというとそうでもなく、きちんと続いていくのが、『源氏物語』の面白いところ。

結婚の現実の一面を『源氏物語』は教えてくれます。

男「声が聞こえない蛍の光さえ消せないのに、どうして私の恋の火を消すことができるのでしょうか。」
女「声も出さず、ただ身を燃やしている蛍の方が、口に出すあなたより、深い思いがあるのでしょう。」

鳴く声も　聞こえぬ虫の　思ひだに　人の消つには　消ゆるものかは

声はせで　身をのみ　焦がす蛍こそ　言ふよりまさる　思ひなるらめ

（第二五帖「蛍」）

解説

絶世の美女・玉鬘。その玉鬘が夕暮時に母家の端に出ています。通常なら姿を見ることができない暗さなのですが、蛍が飛んでいて、その「蛍の光」によって姿を見られてしまうのです。

絶世の美女を見ることができた。この絶好の状況で、訪れていた蛍宮は、すかさず和歌を送ります。それに対し「あなたの思いなんて蛍より浅いでしょ」と返す女。

蛍宮は失恋。その後、トボトボと帰ります。一見、綺麗な話ですが、実はそうなるとわかっていた光源氏が蛍を放った（光源氏は玉鬘を口説いている最中）いたずらだったのです。

源氏「なでしこの花のように、美しいあなたを知ったら、
父親は、きっと垣根を尋ねるでしょう。」
玉鬘「賤しい垣根に生えたなでしこ。そのような私を知っ
たところで、誰が尋ねることがありましょう。」

なでしこの　とこなつかしき　色を見ば　もとの垣根を　人や尋ねむ
山賤の　垣ほに生ひし　なでしこの　もとの根ざしを　誰れか尋ねむ

（第二六帖「常夏《とこなつ》」）

解説

第二六帖の「常夏」の由来ともなった和歌。時期は盛夏。庭園には、なでしこの花が咲いています。当時、なでしこは「常夏」とも呼ばれていました。

ある夜、光源氏が玉鬘にお琴の練習をつけている場面で、「なでしこ」を織り込んだ和歌のやりとりが行われます。

玉鬘の美しさに「なでしこのようなあなたの美しさを知ったら、父親が尋ねてくるでしょう」と光源氏。

玉鬘の父親は頭中将、母親は夕顔です。頭中将と玉鬘はお互いのことを知りません。母親である夕顔は、すでに亡くなっています。「もとの垣根を訪ねてくる」といって、父親との再会をほのめかしています。

それに対し、玉鬘は「賎しい垣根に生えたような私」と自分を謙遜しています。

美しい和歌のやり取りです。

男から手紙が来たら、わざと返事をしないことで、かえって男の恋心に火をつけることもある。それがうまくいかず、忘れられてしまうこともあるが……相手の態度をしっかり見極めなさい。

わざと深からで、花蝶につけたる便りごとは、心ねたうもてないたる、なかなか心立つやうにもあり。また、さて忘れぬるは、何の咎かはあらむ。（中略）心ざしのおもむきに従ひて、あはれをも分きたまへ。労をも数へたまへ。

（第二四帖「胡蝶」）

解説

光源氏の「恋愛レッスン」です。

玉鬘は、その美しさもあり、さまざまな男性から恋文などをもらっている状況。玉鬘の後見役を自認する光源氏が、それらの恋文の数々を見て、

・返事をしないことが、かえって男の恋心を盛り上げることもある。
・返事をしないことで、それっきりになることもあるが、それはしょうがない。それだけの男の熱意だったのだ。
・すぐ返事するのは、危ないこともある。
・自分を恋愛の駆け引き上手だと思うのは、思わぬ失敗のもと。
・よく相手の熱意や真意を見極めて。

など自分の経験をもとに話しています。男女のかけひきは千年経っても変わらないものです。

六条御息所「あなたとの恋は、苦しい泥沼と知りながら入ってしまいました。そんな自分が恨めしい。」

光源氏「あなたは、浅い所に入って辛いとおっしゃる。私はその恋の泥沼に全身深く浸かっていますよ。」

袖ぬるる こひぢとかつは知りながら 下り立つ田子の みづからぞうき

浅みにや 人は下り立つわが方は 身もそぼつまで 深きこひぢを

（第九帖「葵」）

解説

光源氏若き日の恋人・六条御息所。

光源氏はまだ若いのに対し、年上、さらに未亡人です。

恋仲になった当初は熱心だったのに、そのうちになかなか訪れなくなった光源氏への恨みの歌が最初の和歌で、次が返歌です。

六条御息所は、年上の高貴な女性らしく、美しく気品があり、かつ人柄もいい。そんな自分を演じています。

逆に言うと、格式張っていて少し窮屈な女性です。

また「年上の未亡人」という引け目もあり、自分を素直に出すことが苦手で、いろいろ我慢していました。そんな六条御息所の、心の叫びのような和歌です。

光源氏もこんな返歌を送りますが、その後も訪れることは、ほとんどありません。やがて、六条御息所は、生霊・死霊となり、光源氏の多くの女たちに取り憑きます。

この歌の時のように、もっと自分を素直に出していれば……と思う女性です。

第2章　夫婦を巡る名言

理想の伴侶などいないと思うことだ。理想とは異なる伴侶であっても、いったん結婚した以上は、最初の気持ちを忘れず、相手を大切にし、共に暮らし続けるのが良い。世間も、そんな夫婦を見て一目置くものだ。

かならずしもわが思ふにかなはねど、見そめつる契りばかりを捨てがたく思ひとまる人は、ものまめやかなりと見え、さて、保たるる女のためも、心にくく推し量らるるなり。

（第二帖「帚木」）

解説

男同士が雨の夜に集まって女性談義。有名な「雨夜の品定め」の一節です。いろいろな価値観が交差する中、現在でも「芯のある意見」が平安時代に出ています。紫式部自身の思いでしょうか。

この部分は、たんに「男女間」「夫婦間」だけでなく、友人関係や会社での同僚関係などにも通ずるところだと、古来言われています。

たしかに「女性、男性」の部分を「友人、同僚、上司」などに置き換えたら、令和のいまでも、そのまま通用しそうです。

結婚前に考えてたのとは違うかもしれないけど、出会った時は、なにか惹かれ合うことがあったんでしょう。
その縁を大切にしていく。
夫婦を続けていく。それが大事なんです。

かならずしもわが思ふにかなはねど、見そめつる契りばかりを捨てがたく思ひとまる人は、ものまめやかなりと見え、さて、保たるる女のためも、心にくく推し量らるるなり。

（第二帖「帚木」）

解説

光源氏、頭中将、左馬頭、藤式部丞の四人で、女性談義をしています。これは、その中の頭中将の発言です。

この時点で、頭中将自身は、女好きだけど、まだ結婚していない状態。こんな風に、結婚後の夫婦仲を真剣に考えているから、つい結婚相手選びには慎重になってしまっています。彼によれば、結婚後にあれこれと相手を変えようとするよりも、最初から「そういう人（女性）」と結婚したと思うとお互い楽だから、です。

彼は、結婚後の夫婦の会話についても「まず、何かあったら妻と話したい。嬉しいこと、悲しいこと、さまざまのことを」とリアルに語っています。

心変わりしても、はじめのころの愛情を愛しく思うのであれば、結婚して夫婦であるという縁はまだあります。しかし、そのような揉め事があると、夫婦としての縁までも完全に切れてしまうのです。

心は移ろふ方ありとも、見そめし心ざしいとほしく思はば、さる方のよすがに思ひてもありぬべきに、さやうならむたぢろきに、絶えぬべきわざなり。

（第二帖「帚木」）

解説

「夫が別の女性に心移りした」時を想定した、左馬頭の夫婦論です。

現在の感覚からすると「別の妻の方に愛情が向いても、慌てて離婚すると、むしろ女性にとって損ではないか」というこの部分は、異様に思えるかもしれません。

そもそも、他の女性に愛情が移る時点で間違っているのでは、と。

しかし、当時（妻は何人もいるのが普通）では、実践的なアドバイスだったのかも知れません。

繋いでいない船は、どこに行くかわからない。
男も一緒。きちんと手綱を握っていなさい。

繋がぬ舟の浮きためしたる例も、げにあやなし

（第二帖「帚木」）

解説

この場面が異色なのは、語っている人です。言葉だけ見ると、妻もしくは女性が「男の操縦法」を語っているように見えます。しかし、実際に語っているのは男性の左馬頭です。

こんな内容です。

「男が浮気するか、しない（やめる）かは、妻の態度しだいで変わるものだ。浮気したらちょっとは嫉妬してほしい。あまり男を自由にさせすぎるのも、男にとって自由でいいように見えるけど、繋いでいない船と一緒で、どこに自分が行ってしまうかわからない。そう思うだろ？」

つまり、女性に対し、ちゃんと僕のことを見て、もし浮気したら嫉妬して愛情を示してね。僕の手綱を離さないでね。離して僕が浮気したら、君の責任だよ。と言っています。

世の中が移り変わってもあなたとの夫婦生活は
ずっと続くものだと思っていました。
そう思っていたのは、私だけだったんですね……。

目に近く　移れば変はる　世の中を
行く末遠く　頼みけるかな

（第三四帖「若菜」）

解説

歳をとってから光源氏がとても若い妻、女三の宮と結婚することに対して、長年暮らしていた妻の紫の上が嘆いています。

しかも、女三の宮は、時の帝の第三皇女なので、正妻としての扱いになります。光源氏とずっと暮らしてきた妻とはいえ、紫の上は正妻ではありません。立場上は、その他、複数いる妻の一人です。

いきなり降ってわいたように、若い娘が正妻として上の立場にたつのだから面白くないでしょう。

これに対し光源氏は「あなたとの愛はずっと続く本物の愛なんですよ」と応じます。

それでも光源氏は新しい正妻、女三の宮のもとに向かいます。

この出来事をきっかけに、紫の上は強く出家を願うようになります。

夫は、身分が低く、風采もあがらない。
でも私一筋で、浮気なんてしない。
だから、長年安心して連れ添ってこれたのです。

このいと言ふかひなく、情けなく、さま悪しき人なれど、ひたおもむきに二心なきを見れば、心やすくて年ごろをも過ぐしつるなり。

（第五〇帖「東屋」）

解説

長年連れ添った夫婦の妻・中将の君の言葉です。中将の君と常陸介《ひたちのすけ》は、共に再婚です。中将の君は、以前の結婚で子ども（浮舟）を産んでいるのに、妻としての身分を与えられず、子どもの認知もされませんでした。

つまり、妊娠・出産までしているのに「知らないよ」とポイッと捨てられたのです。シングルマザーで、家もありません。そこを、今の夫・常陸介に拾われたのです。

当時の職制では、常陸介の位は決して高いものではありません。でも、かつてそんな体験をしてきた中将の君にとっては、冒頭の言葉は、心から出た言葉だったのでしょう。

また、「何があっても、女一人を守る男がかっこいい」とも言っています。

朝夕の話の中で末長く仲睦まじく暮らしていこうと、
二人で話していたのに、その願いが叶わなかった。
命のはかなさが、悔やんでも悔やみきれない。

朝夕の言種に　翼をならべ　枝を交はさむ
と契らせたまひしに　かなはざりける命のほどぞ　尽きせず恨めしき

（第一帖「桐壺」）

解説

愛する桐壺更衣（光源氏の母）が病気で亡くなる前の桐壺帝の嘆き。

原文の「翼をならべ 枝を交はさむ」は、白居易『長恨歌』に登場する架空の動植物「比翼の鳥」と「連理の枝」を指します。

比翼鳥はオス・メスの二羽の翼が連結した鳥。連理枝も二本の木の枝がつながった植物で、共に二度と離れない男女の例えなどによく使われます。

桐壺帝は、時の最高権力者。この時代ですから、当然周りにはたくさんの女性が「我こそは」と控えています。

その中で、家柄も低く、ある意味「ポッと出」の桐壺更衣だけ特別扱いをし、さらに他の女性の居場所まで、桐壺のために空けてしまう帝。

当然、桐壺更衣は他の女性から疎まれ、陰で意地悪をされ、それを苦にしてストレスから病気になり亡くなってしまいます。嫉妬という人の業が背景に描かれている場面です。

夫のことばかりが気になる。
いつもバカにしていたのに、
夢で「あのこと」がバレるのではないかと、恐ろしくて。

常はいとすくすくしく心づきなしと思ひあなづる伊予の方のみ思ひやられて、夢にや見ゆらとそら恐ろしくつつきまし。

（第二帖「帚木」）

解説

光源氏の強引な口説きに負けて、つい身を任せてしまった空蝉の気持ち。当時は、浮気をすると夫の夢にそのことが出てくると言われていました。空蝉は、けっして特別な美人ではなく、地味で控え目な女性です。しかし、立ち居振る舞いが綺麗で、性格も嫋《たお》やか、上品でした。空蝉は、他の多くの女性たちと異なり、これ以降、光源氏に「身を任せる」ことをしません。

光源氏が、再度のチャンスを狙っても、直前に衣服だけ脱ぎ捨てて逃げるようなこともしました。

これが空蝉（セミの抜け殻）の名前の由来となります。

一度は間違いを犯しながらも、その後は、きちんと「自分を持っている」、「安易に身を任せない」ことから、かえって光源氏の思い出の人となっており、将来に渡って大事にされることになります。

光源氏「私は、流離の身となってしまいますが、鏡に映った私の影は、けっしてあなたから離れません。」

紫の上「あなたと離れても、鏡にあなたの影が留まっているならば、その影だけを頼りに生きていけるのに。」

身はかくて さすらへぬとも 君があたり 去らぬ鏡の 影は離れじ

別れても 影だに止まる ものならば 鏡を見ても 慰めてまし

（第一二帖「須磨」）

解説

さまざまな問題を起こし、光源氏は京にいられなくなります。流罪まで考えられる中で、自ら須磨（当時は田舎）に閉じこもることになります。

その須磨へ去る前に、愛する紫の上と読み交わした歌。光源氏は、須磨に去る直前に身支度として鏡に向かっている状況です。

一首目が光源氏、二首目が紫の上の返歌。通常、この時代の男女の贈答歌は、男の誘いに対し、いったんは断るようなスタイルです。定型から外れて、どちらも真剣なやりとりをしているところに、「もう二度と会えないかもしれない」という事態の深刻さが読み取れます。

世間で笑いものになるほど、あなたが好きだった。あなた一筋だった。初恋もあなた。
そんな私を見て、周囲も結婚を許してくれ、あなたの夫になることができた。なんて幸せなんだ。

世の例にもなりぬべかりつる身を、
心もてこそ、かうまでも思し許さるめれ。

（第三三帖「藤裏葉《ふじのうらば》」）

解説

初恋の女性・雲居雁《くもいのかり》と結婚が認められた夕霧の喜びが爆発している段。

二人は幼馴染でした。幼いなりに、相思相愛だった雲居雁と夕霧。しかし「娘にはもっといい身分の人に嫁がせたい（自分の一族の繁栄のため）」と目論む雲居雁の父親の思惑によって、二人は離されます。それでも、お互いを思い合う二人は、長年やりとりを続け、雲居雁の父親も根負け。ついに、父親など周囲の人々に結婚を認められます。

初恋の、ずっと好きだった人と結婚できるのは、本当に喜ばしいものです。

その後、雲居雁と夕霧の間には、子どもが七人（一説には八人）という大家族になります。

伊予助「私が死んでも、今まで通りの生活を妻にはさせてほしい。どうにかして魂だけでも残せないものか。」

空蝉「夫にまで先立たれたら、どうすればいいの。」

よろづのこと、ただこの御心にのみ任せて、ありつる世に変はらで仕うまつれ
心憂き宿世ありて、この人にさへ後れて、いかなるさまにはふれ惑ふべきにかあらむ

（第一六帖「関屋《せきや》」）

解説

伊予助（空蝉の夫）が老いて亡くなる直前のやりとりです。

伊予助は決して面白くも、色男でも、身分が高いわけでもありません。しかし、伊予助を光源氏が見た際には、「風格が有り、こぎれい」と評しています。

空蝉が光源氏から無理やりに体を奪われたことにも（気づいていたかどうかは不明）、何も言いません。この直後に伊予助は亡くなりますが、最後まで妻のことを心配する夫の姿がここにはあります。

当時、夫が亡くなると妻（しかも複数いた場合など）は、後ろ盾をなくして世間に放り出されるような待遇になることも、けっして珍しくありませんでした。

空蝉は作者・紫式部自身の投影と言われています。つまり、こうした夫の言動は紫式部の願望でもありうるわけです。

「女性から見たいい夫」の条件が伊予助に反映されています。

秘密にしていた、
過去の男女関係を、
自慢して話す男性は最低です。

漏らさじとのたまひしかど、うき名の隠れなかりければ、恥づかしう。苦しき目を見るにつけても、つらくなむ

（第二〇帖「朝顔」）

解説

かつて関係を持った女性達のことを、光源氏が自慢気に話したことに対して、その女性たちの一人で、すでに故人となり霊となった藤壺が、光源氏の夢に出てきて「しょうもない男」という気持ちを込めて言っています。

こんな夢を見た光源氏はうなされて、そばにいた妻の一人、紫の上に起こされて、自分が泣いていたことを知るのです。

そして、藤壺の霊が成仏するように、手を合わせるのでした。

古来、夢は人が神々と交わったり、故人と再会できたりする特別な現象でした。実際に『源氏物語』の当時も「好きになった人の夢の中に入ることができる」。逆に言えば、誰かが夢に出てきたら、その人はわたしのことが好き」なんていう発想もありました。

こんなふうに、夢を「誰か好きな人、特別な人、場合によっては恨んでいる人」と交信ができる特別の場と捉えるのも、いいですね。

いまさら、いくら集めて読んでみても、あの人は死んでしまったのだ。手紙よ、あの人と同じく、空の煙となれ。

かきつめて　見るもかひなし　藻塩草
同じ雲居の　煙とをなれ

（第四〇帖「幻」）

解説

最愛の紫の上が亡くなって一年。

平安時代、人と人とのやりとりの記録は、和歌などを記した手紙が唯一といってもいいほどなので、とても大事なものです。そんな大事な紫の上との思い出の手紙を、光源氏はこう言って全部焼いてしまいます。見ると寂しさが募るからです。

この部分は平安時代初期の『竹取物語』で、かぐや姫が月に戻ってしまった後、帝が「かぐや姫のいない地上なんか意味がない」と、かぐや姫からもらった手紙と「不死の薬」を燃やす場面を思い出させます。

煙にすることで、かぐや姫の住む「月」にすこしでも近づこうとする気持ちからでした。

この場面のすぐ後に、光源氏は出家し、やがて亡くなったことが暗示されます。きっと、光源氏の願いは叶い、雲の上にいる紫の上と再会できたことでしょう。

第3章　「女性」を巡る名言

女は気位を高く持たねばなりません。

女は心高くつかふべきものなり。

（第一二帖「須磨」）

解説

『源氏物語』「須磨」の中で、明石の入道が娘のことを思って、妻に語った言葉です。入道の娘（明石の君）は、決して美人ではありませんが、上品、かつ優しく育っています。

光源氏が失脚し、須磨に半隠居していた時のことです。有名な光源氏が近くにいると知り、明石の入道が「ぜひ娘の結婚相手としてお見合いでも」という場面。

「気品」は「他者がなんとなく感じる上品な趣」であるのに対し、「気位」は「自分自身の品位を高く保とうとする心の持ち方」です。つまり意図的な努力です。

明石の君は、光源氏との身分の違いを超えて結婚します。やがて光源氏の一人娘を産んだこともあり栄達への道を歩み、幸せに暮らしていきます。

娘を思う父親の気持ちが種となって、実を結びます。明石の入道の思いは、男女の格差が激しかった時代に生きた紫式部の、心の叫びに近いのかもしれません。

男とか、出世とか、もうウンザリ。
そうしたことから解放されて、ほんとうに楽になった。
私は一人で自由に生きていきたい。

「なほ、ただ今は、心やすくうれし。世に経べきものとは、思ひかけずなりぬるこそは、いとめでたきことなれ」
と、胸のあきたる心地ぞしたまひける。

（第五三帖「手習《てならい》」）

解説

物語を通じ「男女関係の難しさ」、中でも「男の身勝手さ・幼稚さ」を描き出した紫式部。

しかし、物語の終わり（五四帖のうち五三帖目）で「男に左右されない女の幸せ」を描いています。その女性の名は浮舟。

右の言葉は、出家し、尼になった直後の浮舟の独白です。

尼といっても、いわゆる丸坊主になるわけでなく、髪は肩まで伸ばした髪型（尼削ぎ）で、わりと普通に生活しています。尼君と話したり、碁を打ったり。

出家とは「もう男に惑わされません。出世競争からも降りました」という世間へのアピールです。以前は、男性関係で自殺未遂まで引き起こした浮舟は、出家することで、いわば競争から降り、幸せに生きることに成功しました。

物語の最後のヒロインが「男に頼らない自立した女性」というのは、象徴的です。

政治と違い、主婦は、たった一人で家の中の何もかもを守って、動かしていかなければならない。そこに難しさがあります。

されど、賢しとても、一人二人世の中をまつりごちしるべきならねば、上は下に輔けられ、下は上になびきて、こと広きに譲ろふらむ。狭き家の内の主人とすべき人一人を思ひめぐらすに、足らはで悪しかるべき大事どもなむ、かたがた多かる。

（第二帖「帚木」）

解説

平安時代の「ワンオペ育児」「ワンオペ家事」問題。

左馬頭が語っている場面です。この左馬頭は弁の立つ男で、女好き。普段から「家庭」「夫婦関係」「政治のありかた」「理想の妻」などについて考えているのか、皆を前に長広舌をふるっています。右の言葉も、その一部です。他にどんなことを言っているか見てみましょう。

・経済的な状況は、家庭に影響を及ぼす。
・荒れ果てた田舎のボロ家に、素敵な娘さんがひっそり育っていることがある。
・若い娘は、確かに綺麗だけれども、よくわからないところもある。

これらに加えて、右の発言です。いまの時代でも充分に通じる言葉です。

中流の女性の中にこそ
それぞれの個性があり、惹かれるものであります。

中の品になむ、人の心々、おのがじしの立てたるおもむきも見えて、分かるべきことかたがた多かるべき。

（第二帖「帚木」）

解説

光源氏の周囲にいる男性たちで、女性について語っている、通称「雨夜の品定め」として名高い箇所です。その場面で、お客の頭中将が光源氏に語った言葉。男性だけがいる場所での女性談義として、良くも悪くも「男の頭の中」を見せる場面です。

富裕層の娘は周囲が欠点を隠してしまう。中流の女性こそ個性があり、素晴らしいと賛美しています。

品定めの場面で、まず頭中将は、女性を「上の品、中の品、下の品」に分けます。現在の感覚では、「上、中、下」と安易に分けることに異議があるかもしれません。

しかし、当時の身分制度（貴族、庶民など）の中では当たり前の感覚。これは、容姿などで分けているのではなく、家の階級によって分けています。

むしろ、そうした身分を越えても「きちんと普通の生活している女性の中にこそ、素晴らしい女性がいる」ということを言いたかったのです。

女ほど、生きていくのが大変で、
窮屈な思いをしなければいけないものはない。

女ばかり、身をもてなすさまも所狭う、
あはれなるべきものはなし。

（第三八帖「夕霧」）

解説

紫の上の心中の思い。

「女性の嘆き」として有名な部分です。

この後に「何かを知っていても知らないふりをしなければいけない、何も感じないふりもする……」と、続きます。

紫の上は、ずっと『源氏物語』の主要人物ですが、光源氏の「正妻」ではありません。

そういう意味では、数いる妻・愛人の一人に過ぎません。

また平安時代ですから、あくまで公事の主役は男性です。

この言葉の最後は、「(女は)いったい、どうやって、この世で晴れ晴れとした気分を味わい、無常な世を楽しむことができようか」です。

平安時代を生きる一人の女性、紫式部の心の声そのものです。

女の子は、
大事に育てられてこそ、
大人の女性になるものです。

女人は、
人にもてなされて大人にもなりたまふ

（第五帖「若紫」）

解説

光源氏はある時、瘧病《ぎゃくへい》（マラリアに似た病）に罹ります。それをお祈りで治してもらおうと、山へやってきた時に、ある庵を見つけます。

そこで遊んでいたのは一〇歳くらいの少女。あまりの可愛さに、強引に「私が引き取る（＝自分の女にする）！」と無茶なことを言い出す光源氏。それを提案された周りの人が言った言葉です。相手は貴族ですから、無下にはできませんが、「まだ少女なので、これから大事に育てます」とやんわり断っているのですね。

光源氏の男としての欲と、娘を大事にしたい周囲の思惑がぶつかっている場面です。その後、誘拐同然に娘を連れ帰ってしまいます。後の紫の上です。

このように心配された出会いでも、一生連れそう夫婦になるのだから人の縁は不思議なものです。

女性は、素直なほうがよい。

女は、心やはらかになるなむよき。

（第五帖「若紫」）

解説

これは光源氏が自分好みの美少女・紫の上を誘拐同然に自宅に連れてきて、紫の上が泣きそうになっているところへ、一方的に教え諭している言葉です。『源氏物語』では他の箇所でも、女性に無理強いするように「女は男に従い、従順なのがよい」と別の男性が語っています。

しかし、反対に「男は素直なのがよい」という話を女性にされる場面は、ほとんどありません。常に「素直さ（＝従うこと）」が求められるのは女性です。

これは当時の価値観、女性の生きていくための術だったのでしょう。

女たちは声をあげずに、ひたすら男のいいなりになる。それが一般的な生き方でした。まして光源氏のような身分の高い者に対しては、そうせざるを得ない時代です。

たしかに、ある人にとっては名言かもしれませんが、時代の価値観を表す「迷言」にも思えます。

女の子にとって、生きにくい時代になった。帝でさえ、婿取りに苦労している。私の娘など、うかうかしているうちに適齢期が過ぎてしまうことにもなりかねない。娘のために、なんとかしてあげなくては。

女子うしろめたげなる世の末にて、帝だに婿求めたまふ世に、まして、ただ人の盛り過ぎむもあいなし

（第四九帖「宿木《やどりぎ》」）

解説

夕霧が、娘の六の君の将来を案じています。

原文の「世の末」とは、仏教の「末法思想」の影響から出てきた言葉です。

末法思想は、シンプルに書くと「時代を経るにつれ、仏教の教えが正しく伝わらず、どんどん世の中が悪くなっていく」という思想です。

そんな世の中だから、なんとか家柄・人柄がいい夫を娘に、と考えています。

夕霧のさまざまな働きかけの甲斐があって、六の君は、皇室の匂宮の正妻という地位を勝ち取り、その後、幸せな結婚生活を送ります。

政略結婚が当たり前で、女性自らの意思は大事にされなかった時代ではありますが、そんな中でも娘を思う父の姿が伝わってきます。

第4章　生き方を巡る名言

人生は、気持ち次第。
気持ち一つで人生はどうにでもなる。

心によりなむ、人はともかくもある。

（第三四帖「若菜」）

解説

紫の上が発病し、

「もう、私は死んでしまう。ここにいる幼子たちの成長を見られないだろう。私が死んだら、周りの人は私のことなんて忘れてしまうだろう」と、かなり悲観的になっています。

そんな妻を看護しながら、光源氏が励ましている言葉です。

「病は気から」に通じる考えですが、実はそんな心労を作り出しているのも、光源氏です。数々の浮気、紫の上のかねての願いの出家を許さないこと、そうしたことが重なり、倒れているところです。

名言としての「人生は、気持ち次第」。そして、それだけでない複雑な文脈で読み取らせる紫式部の手腕は鮮やかです。

人は木や石ではない。
誰にでも「気持ち」があるものだ。

人木石にあらざれば、
みな情けあり。

（第五二帖「蜻蛉《かげろう》」）

解説

愛人・浮舟の訃報を聞いて、動揺した薫の口から思わず出た言葉。後にわかりますが、この訃報は誤りでした（姿を消しただけで亡くなってはいません）。

もとは中国の詩文の一節「人非木石皆有情」から来ています。「人が亡くなったのだから当然だろう」という感情を肯定するような文に見えますが、物語の文脈からはむしろ「こんなに感情が動くのは当たり前だけど、冷静になれ、自分」と感情を自身で諌める流れにもなっています。

もとの漢詩は「人非木石皆有情　不如不遇傾城色」＝「どんな人にも情愛がある。だから美女には近づかない方が良い」と続いています。

心が広い人は、入口が広いから幸福が多く入ってくる。
心が狭い人は、入口が狭いから幸せが入ってこない。
そういうものです。

おきて広き器ものには、幸ひもそれに従ひ、
狭き心ある人は、さるべきにて

（第三四帖「若菜」）

解説

病気に倒れた紫の上を、光源氏や懐妊中の明石の姫君などが見舞っています。紫の上が「もうダメ。私、死にます」と直前に言っており、それを聞いた光源氏が「心の持ち方」などを語っている部分。

こう続きます。「いつも心が忙《せわ》しない人は安定しない。逆に心がゆったりとしている人は、長生きするものですよ」と。

また、こんな場面でも、紫の上は懐妊して身重の明石の姫君を心配するなど、優しい女性として描かれています。

しかし、皆の願い虚しく、ほどなくして紫の上は、この世の人ではなくなります。

うまく書けないからと、
まったく書かないことが、
一番よくない。

よからねど、むげに書かぬこそわろけれ。

（第五帖「若紫」）

解説

「あまり字がうまくないから……」と自信がない様子でためらう女の子（紫の上）に光源氏が言った言葉。

のちに光源氏の妻の一人になりますが、この時はまだ幼い子どもでした。偶然、ある尼寺で見た時に「憧れの藤壺」を思いだすような美少女だったため、「いつか自分のものに」という下心もあり、熱心に稽古に付き添っています。

何事にも練習、実践が大事なのは、現在でも一緒です。

古来、中国由来の漢字はありましたが、平安当時は、まだひらがな、かたかなは生まれたばかりです。書いていたのがひらがな、かたかななら、新しい技術だったと思われます。

学問の裏付けを基礎としてこそ、
実務の力もしっかりとしたものとなる。

なほ、才をもととしてこそ、
大和魂の世に用ゐらるる方も強うはべらめ。

（第二一帖「少女《おとめ》」）

解説

光源氏の息子・夕霧は元服し官位につきますが、光源氏の意向で、比較的低い位置からの出発でした。さらに大学で学問させることに。

これは「最初から高い家柄に安穏としていると、没落してしまうかもしれない。きちんと学問の基礎を修めること」という父親としての思いからでした。

さらに、こう付け加えます。

「私が死んだ後も、仕事の基礎たる学問を身に付けていた方が、安心だ。それに、今は私の威光があるから、身分が低い貧乏大学生（当時も「大学」でした）と指さされることも少ないでしょう」と、しっかり「私の威光」でも二重に安心させています。

ちなみに、日本の文献で、言葉として「大和魂《やまとだましい》」が出てくるのは、『源氏物語』のこの部分が初出です。「日本の心」、「大事な日本人の気持ち」、「しっかりとした（実務の）力」といった意味でした。

式典中は私語厳禁。
おとなしくできないなら、ここから退席したまえ。

鳴り高し。鳴り止まむ。
はなはだ非常なり。座を引きて立ちたうびなむ

（第二一帖「少女」）

解説

光源氏が息子の夕霧に学問を身に付けさせようと、大学寮に入学させました。その場で、格式ばった見慣れない儀式が行われ、周囲がざわついてしまいます。その際、博士がおしゃべりをやめさせるために言った言葉です。博士は現在の教授にあたります。つまり大学教授が生徒や保護者に「静かになさい！」と式の最中に言っている状況。千年前も今も同じ風景です。

平安時代、大学寮に入学させる目的は、官僚として育成することです。「数学」「書道」「法学」さらに「儒教」などが教えられていました。しっかり試験もあります。卒業すると、官職につける仕組みが整備されていました。

光源氏の息子ですから、本当は、それだけで官位をもらえたのでしょうが、学問が大事だと考えた光源氏の意向で、あえて大学に入学させました。それは良い面（実務能力が高い）、悪い面（堅すぎる）の両方となって後に出てきます。

名前を貶めるわけにはいかない。

名をば、え朽さじ。

（第一七帖「絵合《えあわせ》」）

解説

左右に分かれて「どちらの絵巻がすばらしいか」を競う「絵合わせ」での言葉。一見、優雅な遊びですが、宮中の公開討論会にもあたり、勝ち負けがその後の出世に響くこともありました。だから「名をあげる」「名をおとしめない」ことが大事でした。

この時は、『伊勢物語』（在原業平の一代記）と『正三位』（女性の出世する話）を戦わせています。

『正三位』が勝ちそうになるのですが、審判役の藤壺が「たしかに、正三位の話は面白いのですが、世間的に有名な在原業平の名前を貶めるわけにはいきません」と冒頭の言葉を言い『伊勢物語』の勝利に。

名前は、いわば相手の面子。在原業平は、すでに当時でも百年以上前の過去の人ですが「面子をつぶさない」「名前を大事にしてあげる」配慮が活きている場面です。

自らしたことが
自分に返ってきます。

罪得ることぞと、常に聞こゆるを、心憂く。

（第五帖「若紫」）

解説

スズメを捕まえ閉じ込めていた一〇歳くらいの少女（紫の上）に尼が語ったセリフ。その少女は、大人になり「カゴの中の鳥」のように夫（光源氏）に囲われ、願っていた出家もゆるされず一生を終えるという「因果が回ってくる」重層構造になっています。

『源氏物語』が書かれた西暦一〇〇〇年頃は、仏教の「末法思想」が世情をしめていました。

末法思想とは、釈迦入滅の千年後より仏法を学ぶものが少なくなり、どんどん世の中が悪くなり、やがて地獄のような現世が訪れるというもの。日本では、その末法が始まる年は一〇五二年とされていました。『源氏物語』の時点で、あと数十年です。

『源氏物語』に、「もう出家する」という人や「尼」などが、たくさん出てくるのには、こうした背景もあります。

よい部分を探して、褒める。
悪いところを探して、悪口を言う。
どちらも本当です。

よきさまに言ふとては、よき事のかぎり選り出でて、人に従はむとては、またあしきさまのめづらしき事をとり集めたる、みなかたがたにつけたるこの世の外の事ならずかし。

（第二五帖「蛍」）

解説

有名な物語論の中の一節です。

光源氏が物語について論じている部分で、誰にでもある長所・短所を、わかりやすく表現しているのが物語だと言っています。

光源氏が論じている形をとっていますが、これは作者である紫式部の偽らざる本心でしょう。物語作家が「物語」について、主人公に論じさせているのですから。

外国の話も国内の話も、今と昔では違うものもありますが、それらが間違っているというわけではありません。

物語の中には本当のことが語られています。

昔も今も、
こころ穏やかに暮らしている人こそ、
幸福になっている。

昔も今も、ものの念じてのどかなる人こそ、
幸ひは見果てたまふなれ。

（第五一帖「浮舟」）

解説

その後の会話の部分でも、ゆったりと、かつ、懸命に振る舞うことの効果を説いてます。たしかに、ゆったりとした人には惹かれるものです。

ところで、この場面。

部屋の外では、匂宮（男）が、こっそりと片思いの浮舟（女）の部屋に入ろうとしているところです。しかも、浮舟の恋人（薫）の匂いを服に焚きしめて。浮舟をダマそうとしているのです。

そんなことが画策されているとはつゆ知らず、女性たちが、のどかに話しています。右の発言も、おしゃべりの一部です。のどかな会話と、その背後に迫る危険。こうした対比が『源氏物語』は絶妙です。

何もかもハッキリさせればいい、というものではない。特に家族内のことは、その後のことを考えて、皆に言うのではなく、愛で包み、守るという方法もある。大抵のことは、やり方次第で、穏やかに済むものだ。

いと際々《きわぎわ》しうものしたまふあまりに、深き心をも尋ねずもて出でて、心にもかなはねば、かくはしたなきなるべし。よろづのこと、もてなしからにこそ、なだらかなるものなめれ。

（第二七帖「篝火《かがりび》」）

解説

頭中将と光源氏は友人でもあり、ライバルでもあります。

光源氏のもとに、美しく、よくできた女性・玉鬘がいるのを知り、頭中将はうらやましくなり、自分の娘の一人、それまでは別々に暮らしていた近江の君を探し出し、自宅に引き取ります。ところが、この近江の君は、いわゆる「できの悪い娘」でした。口が悪い、がさつ、早口……などなど。

自分から引き取ったにも関わらず、予想外だった頭中将は、世間に「あの娘はまったく……」と悪口を言いまくります。それに対する光源氏のコメントです。

事態が複雑なのは、称賛されている玉鬘も頭中将の娘ということ。このことを本人たちは、まだ知りません。

同じ血を引く娘たち。しかし、その後の環境で人はいくらでも変わることを、物語は私たちに示唆しています。

他人が「自分をどう思っているか」を、
気にしすぎないようにすることが大事です。
意外に他人は何とも思っていないものです。
日々、穏やかに振る舞って、堂々と生きればよいのです。

人は何の咎と見ぬことども、わが御身にとりては恨めしくなむ、あい
なきことに心動かいたまふこと……（中略）
ただなだらかにもてなして、ご覧じ過ぐすべきことにはべるなり。

（第四四帖「竹河」）

解説

年老いた母・玉鬘が長女・大君の評判をあれこれと心配しています。

それに対して薫（玉鬘にとっては、弟のような存在）が言ったセリフ。


大君は権力者・冷泉院と結婚し、男児を産んでいます。「お金持ち、家柄良し、将来安泰」の男性と結婚し、子どもができた女性。いわばリアル玉の輿です。

そんな女性に対し、周囲の妬みがすごく、いろいろと噂を流されています。

その一つ一つを気にする玉鬘と大君。

そんな姿を見て「世間なんて、そんなものだから気にしない、気にしない」という薫の言葉です。

そんなふうに考えて、日々を穏やかに振る舞い、堂々としていることは大切です。

私はわたし。
あなたはあなた。
別の人間なんです。

我はわれ

（第一四帖「澪標」）

解説

光源氏に対し、妻・紫の上が放った言葉。

光源氏が、明石の君との間に、子どもができて、しかも「すでに生まれた」ということを報告する場面です。単なる浮気ならともかく、子どもまで生まれたら、当然「耳に入るだろう」と計算し、いろいろと言い訳する光源氏。しかし、さすがの光源氏も、しどろもどろで涙ぐんでいます。

そんな光源氏を見て、可哀想になった紫の上。

「許されそう」という雰囲気を敏感に察したのでしょうか、光源氏が「いや、あの場所はよかったな。風景も綺麗で、しかもあんな言葉まで」と浮気相手との思い出を語り始めます。

そして、とうとう紫の上の怒りと悲しみが爆発。

右の発言に至ります。「あなたと私は別！　あなたが好きなように過ごすなら、私もそうするわ。」そう強く言いながらも、紫の上は消えてしまいたいほど悲しんでいました。

我は我。

人は人。

なずらひならぬほどを思しくらぶるも、悪きわざなめり。
我は我と思ひなしたまへ

（第一八帖「松風」）

解説

頻繁に明石に通う光源氏。そこに新しい妻と、娘がいるからです。それに嫉妬する紫の上。そんな紫の上を、自分にとって都合のいい言葉で光源氏が宥めているところです。

「あの人は、あの人。あなたは、あなたでしょう」と。気にするな、と一方的に言っているのですね。

かなり無茶な論理に見えますが、当時の常識というか、男性側から見ると、また別の風景が見えるかもしれません。

当時の貴族は「お家を継続」する必要もあり、複数の妻、愛人がいるのが通常。もし妻が一人だけだったら「貧乏人」「甲斐性無し」とバカにされます。また、女性や、その家族自身も、有力者には「ぜひ、うちの娘を○番目の妻に」と、自ら積極的に動いていた時代です。つまり複数の妻がいて、それぞれの妻が住んでいるところに、男が通うのが普通、当たり前のことなのです。

現在から見ると屁理屈ですが、当時の状況では、仕方ない部分もあります。

ああ、誰にも「あの秘密（罪）」を打ち明けられない。
人に言えない「罪」を抱えているとは、
なんと苦しいことだろう。
誰にも相談できないことこそ、本当の苦しみとなる。

罪は隠れて、末の世まではえ伝ふまじかりける御宿世、
口惜しくさうざうしく思せど、人にのたまひあはせぬことなれば、
いぶせくなむ。

（第三四帖「若菜」）

解説

「秘密の罪」を抱えて苦しむ光源氏。

その罪とは、義母・藤壺との男女関係でした。帝である父親の後妻に手を出してしまったのです。しかも、二人の間には子どもができてしまいました。新たな帝・冷泉帝その人です。

さすがの光源氏も、義母との子どもが現在の天皇であることは、誰にも明かせません。権力抗争にも関わりますから、安易に周囲に相談することができないのです。

自業自得と言えば、その通りなのですが、誰にも言いたくない秘密が身近に潜んでいるのは、本人にとっては苦痛以外のなにものでもないでしょう。

これを裏返せば、悩みがある時「誰かに相談できること」は、幸せの一種なのかもしれません。

「善人」に見える人ほど、気をつけなさい。
陰で何をやっているか、よく見なさい。

いづら、人よりはまめなるとさかしがる人しも、
ことに人の思ひいたるまじき隈ある構へよ。

（第五一帖「浮舟」）

解説

普段、聖人ぶっている薫（男）に、実は「こっそり通う愛人」がいると知った時の匂宮（男）の言葉です。

『源氏物語』において薫は、一見まじめですが、実は偽善者という役どころです。それを本人も自覚していません。

公には光源氏の息子ですが、実際には光源氏の妻・女三の宮が浮気した時にできた子どもです。それを、薄々、本人も気づいているようです。

そんなところから「俺、本当の息子なの？」と気にしていて、イケメンの貴公子なのに妙に鬱屈しています。

薫の口癖は「俗世に興味ないから出家したい」です。でも口ばかりです。

他にも、意識と行動がことごとくずれていて、「俺には普通の男性のような色欲はない」と言いながらも、女性に迫ります。

自ら「自分はいい人」と標榜していながら「意識と行動が乖離している」人。

普段は「いい人」ぶっている人ほど、危ういものはありません。

今日一日だけは。
せめて今日だけは。
人生とは「生きている間」がすべてなのだ。

今日ばかりはかくてあらむ。
何事も生ける限りのためこそあれ。

（第五一帖「浮舟」）

解説

匂宮の独り言。

人生は、あくまで「生きている」間だけの話。

そうした死生観の登場人物が、『源氏物語』には何人か出てきます。

別のところでは、「いくら栄達を極めた人物でも、亡くなってしまえばお終いである（話しているのは光源氏）」とも。

匂宮は、光源氏の孫にあたります。『源氏物語』後半のもう一人の主人公・薫が鬱屈しているのに対し、匂宮は愛情表現も人生に対する姿勢もストレート。好き嫌いもハッキリしています。それは右の「人生は今が大事」という価値観から生まれているのかもしれません。

小さいことや、考え方が違うことに対して、
いちいち難癖をつけてくる人とは、
積極的に仲良くなろうとは思わない。

さしもあるまじきことに、かどかどしく癖をつけ、愛敬なく、人をもて離るる心あるは、いとうちとけがたく、思ひ隈なきわざになむあるべき。

（第三四帖「若菜」）

解説

平安時代の人間関係論。現在にも通ずる普遍的な人の気持ちを見事に表現しています。

妻の一人である明石の君と、その娘の明石の姫君を前にして、人間関係の機微を語る光源氏。右の文だけでなく、全体を通して「人間関係」を語っている部分になります。他には、

・自分に対し悪意のある継母でも、裏表なく接すれば、やがて打ち解ける日が来るかもしれない。
・昔からの仇敵でもない限り、仲良くなるチャンスはある。
・人それぞれ長所・欠点はあるものだ。
・育ての親である紫の上へどう接するか。
・紫の上のお人柄がよいこと。感謝を忘れないように。

などと語っています。

些細なことを気にして、文句をつける人が一人でもいると、周りの人が辛くなるものです。

はかなきことにて、ものの心得ずひがひがしき人は、立ち交じらふにつけて、人のためさへ辛きことありかし。

（第三四帖「若菜」）

解説

妻の一人である明石の君に、光源氏が語っています。

このあとに「穏やかな人は、素晴らしい」とも。

こんな状況です。

この時、光源氏の頭の中には紫の上（昔からの妻）を思い浮かべています。

紫の上は、明石の君が産んだ光源氏との娘を育てています。

いわばライバルの娘を育てているのですが、意地悪することもなく、きちんと接しています。一方、明石の君の方も「（あんたが産めなかった）光源氏の娘を私が産んだのよ！」という態度を取ることはなく、二人とも穏やかに「いい関係」で事が進んでいます。

そんな状態を好ましく感じた光源氏が、些細なことに文句つける人がいると大変だけれども、そんなこともなくありがたい、と言っている場面です。

生き方の是非や状況はともかく、「周りと合わせてやっていける人」がありがたがられるのは、昔も今も変わりません。

冷泉帝「月の光は、どこまでも照らして来てくれる。
それなのに、あなたは来ないのですね。」
光源氏「申しわけございません！　すぐ向かいます。」

「雲の上を　かけ離れたる　住みかにも　もの忘れせぬ　秋の夜の月
同じくは」
「月影は　同じ雲居に　見えながら　わが宿からの　秋ぞ変はれる」

（第三七帖「鈴虫《すずむし》」）

解説

一見、綺麗な歌に見えますが、もらった者にしてみたら怖い歌かもしれません。

時の権力者・冷泉帝が、宴を開くも、光源氏は不参加（女三の宮の気を引こうと琴を弾いていました）。

それで、先のような「なんで、お前来ないんだ！」の歌を光源氏に送ったものです。

光源氏も、こんな歌をもらってビックリ。

あわてて「いや、ちょっと事情がありまして……」と言い訳の返歌を返し、すぐに訪問しています。なんだか、現在のサラリーマンでもあるような風景が、千年前にも繰り広げられています。

何度か解説してきましたが、光源氏は冷泉帝の父親です。

こっそりと浮気した時にできた子どもなので、公にせず、内密にしています。

噂というものは、当てにならないものです。噂に躍らされて、怒ったり心配したりするのでなく、まず、心を落ち着かせて、きちんと状況を確認するのが大事です。

ひがこと聞こえなどせむ人の言、聞き入れたまふな。すべて、世の人の口といふものなむ、誰が言ひ出づることともなく、おのづから人の仲らひなど、うちほほゆがみ、思はずなること出で来るものなるを、心ひとつにしづめて、ありさまに従ふなむよき。

(第三四帖「若菜」)

解説

「噂（ひがこと）」を、すべて否定しているのではありません。

大事なのは、きちんと事実を押さえること。自分の目で状況を確認すること。語っているのは光源氏。こんな場面です。

光源氏が、長年連れ添った妻・紫の上に言わずに、こっそりと別の女性（女三の宮）を正妻に迎えようとしています。正妻ですから、いきなりよく知らない若い女性が、紫の上を飛び越えて夫の正式な妻になります。

時期が来てしまい、恐る恐る光源氏が紫の上に打ち明けたところ、案に相違して紫の上は内心はともかく、表面上は快く了承しました。

それを見た光源氏が、もっともらしく「噂なんて信じちゃダメだよ」さらには、「本当に大事なのはあなただよ」とも言っている場面です。

綺麗でもっともらしい言葉と、背景で知ることとなる一目瞭然の事柄。

この二つが織り込まれている場面です。

わたしは勘違いをしていた。思い上がっていた。
まさか、あの人が別の女性と結婚するなんて。
きっと世間に笑われる。

今はさりともとのみ、わが身を思ひ上がり、うらなくて過ぐしける
世の、人笑へならむ

（第三四帖「若菜」）

解説

紫の上の内心のつぶやき。

光源氏が「若い女性を正妻に迎える」と紫の上に打ち明けた場面。

紫の上は、表面上は「私は大丈夫ですよ。その女性と仲良くなれるでしょう」など言っていましたが、内心はこのような状態です。

表面上は「理解のある、いい妻」を演じ、内面ではショックを受けています。

こうした心労が重なり、紫の上は出家を願うようになっていきます。

しかし、光源氏は「自分は好きにするけど、紫の上は俺のもの。いつまでもそばにいてほしい」という態度で、出家の願いは最後まで叶うことはありませんでした。その当時から現代に至るまで、繰り返されている夫婦の悲劇の緒となる部分です。

すでに知っていることでも、相手が話した時は、初めて聞いたように振る舞い、なにか言いたくなっても、十のうち一つ二つは言わなくてもいいこともある。

すべて、心に知れらむことをも、知らず顔にもてなし、言はまほしからむことをも、一つ二つのふしは過ぐすべくなむあべかりける。

（第二帖「帚木」）

解説

左馬頭の女性論。「少し知っているようなことを、さも全部知っているように話すのも残念な振る舞い」とも語っています。

同じ作者の手になる『紫式部日記』に、「清少納言はどうしようもない女」ということを書いた項目があります。ほぼ同時代を生きた『徒然草』の作者・清少納言の悪口です。

こんな内容です。

利口ぶって、私は学が有ると言わんばかりに漢字（当時は男性が使用していた）を書き散らして、しかも内容はイマイチ。風流ぶっていて、気持ち悪い。こんな人は、ひどい末路を迎えることになるでしょう

ひどい言い様です。いろいろ仲が悪かったようです。

『紫式部日記』も『源氏物語』も、ほぼ同時期に書かれていますから、ひょっとしたら、左馬頭が批判している女性像のモデルは、清少納言だったのかもしれません。

人柄は穏やかなのに、心の芯には強いものがある。
なよ竹のように、簡単に折ることはできない。

人柄のたをやぎたるに
強き心をしひて加へたれば
なよ竹の心地して
さすがに折るべくもあらず

（第二帖「帚木」）

解説

「なよ」は「柔らかい」。一見弱そうにみえますが「竹」なので実は折れない。そんな表現で、空蝉という女性を表しています。

穏やかな人柄ですが、光源氏に口説かれた際も、薄い衣一枚残して居なくなる芯の強さを持っている女性・空蝉。

作中人物ですが、親族関係の設定など、作者の紫式部とよく似ており「紫式部自身が、こうありたいと願うモデル」という説が根強いのも、うなずけます。

酒に酔った勢いで、話してはいけないことを、つい話してしまうことがあると聞きます。いったい、どうするおつもりですか。

酔のすすみては、忍ぶることもつつまれず、ひがことするわざとこそ聞き侍れ。いかにもてないたまふぞ。

（第四四帖「竹河」）

解説

宴会にて「とりあえず一杯」と差し出されたお酒を断る薫の言葉です。

このあと、周囲が引き止める中、薫は本当に逃げ帰ってしまいます。

薫は、表向きは光源氏と女三の宮の息子とされていますが、実は女三の宮が別の男性・柏木と浮気してできた子です。柏木は、その罪悪感から弱り、やがて亡くなりました。

それは光源氏も当の薫も、うすうす知っていますが、大スキャンダルになるので、秘密にしていました。

普段から「私は、早く出家したい聖人」みたいな薫の性格もありますが、なにより、もし「酔って口に出してしまったら……」。


人に言えない秘密があるのは苦しいものです。

歴史書などは、世の中に起こった出来事の、ごく一面だけを切り取ったものに過ぎません。実は「物語」こそ、ほんとうの人々の姿を映し出したものではないでしょうか。

『日本紀』などは、ただかたそばぞかし。これらにこそ道々しく詳しきことはあらめ。

（第二五帖「蛍」）

解説

有名な「物語論」の一節です。

続けて、何か事柄があった際、どうしても人に伝えたくなる事柄。それらを伝える手段として、さまざまな人々の価値観や、出来事を詰めて広めるものとして作ったのが「物語」だ、と語られます。

『源氏物語』という設定上、光源氏が人々に語っている形になっていますが、これは物語作家としての紫式部の自負でしょう。

当時、物語の地位はとても低く、どちらかといえば当時の価値観に沿えば「女子どもが、楽しむ低級なもの」という扱い。

それを「大人の男性も読む」ものと人々に提示したのも、まさにこの『源氏物語』でした。

賢い人と言っても、大変なことが、実際に自分の身にふりかかれば、理屈どおりには、動けまい。心は動揺し、感情に支配され、ついには道を踏み外してしまうものだ。

賢しき人といへど、身の上になりぬれば、こと違ひて、心動き、かならずその報い見え、ゆがめることとなむ、いにしへだに多かりける。

（第三四帖「若菜」）

解説

光源氏の異母兄の朱雀院が、自身の父親・桐壺院の思い出を語っている場面です。

話し相手は、お見舞いに訪れた夕霧です。

右の言葉のように、「理屈どおりにいかぬ」、人の常を嘆きながら、一方で最後まで自分の父・桐壺院は「気持ちが揺れ動き、我慢したことも多かっただろうけど、人生の最後の最後まで、皆に優しくおだやかに接してくれた人だった」としみじみ語っています。

「道を知っていることと、道を歩むことはちがう」という有名な映画のセリフがあります。実は人生の正しい道は、「知る」ことよりも、実際に「歩く」練習こそが大事なのかもしれません。

普通の話でも、ゆっくり落ち着いて話されると、最後まで聞いてみたいと思うものです。反対に早口で、ワーワー言われたら、いい話でも内容が伝わってきません。

ことなるゆゑなき言葉をも、声のどやかに押ししづめて言ひ出だしたるは、打ち聞き、（中略）いと心深くよしあることを言ひゐたりとも、よろしき心地あらむと聞こゆべくもあらず

（第二六帖「常夏」）

解説

「早口で、ワーワー」。

こう言われてしまっているのは、近江の君です。

近江の君は、顔立ちは美しい女性です。

しかし、話し方がすべてをダメにしてしまっていました。「早口」「悪口」「下品」の三拍子。

本人も周りから指摘され、自覚していましたが、がさつなまま変わらず、月日を過ごしてしまいました。そうした印象から、人から低く見られ、疎んじられていました。

話し方は大事です、今も昔も。

人は悩みで、簡単に弱ってしまう生き物です。

物思ひに病づくもの

（第五帖「若紫」）

解説

僧都が、自分の姪（紫の上の母）が亡くなった理由を説明している場面です。その娘は大切に育てられていましたが、ある時から兵部卿宮《ひょうぶきょうのみや》（男）が通ってくるようになりました。

娘は、兵部卿宮の正妻との関係に悩みに悩んで、弱りきってしまい、ついに亡くなってしまいます。光源氏の母・桐壺も妬みや嫉妬からのストレスなどがたたり、死に至っています。

ここで、紫式部は「ストレスや気持ちだけで病気になり、人は弱って、時には死にも至る」ことを物語に寄せて示しています。

「いま、どんな気持ち？　私たちのように、期待せず最初から諦めていれば楽ですよ。」

こんなお見舞いの数々が来た。でも、こんなものをよこす者のほうが、よほど苦しいのです。

「いかに思すらむ。もとより思ひ離れたる人々は、なかなか心やすきを」

など、おもむけつつとぶらひきこえたまふもあるを、

「かく推しはかる人こそなかなか苦しけれ。」

（第三四帖「若菜」）

解説

夫婦として生活を送っていた光源氏と紫の上。しかし、突然に光源氏が別の女性・女三の宮と結婚します。しかも格上の正妻として。突然、若い女に越されたのです。

そんな紫の上に、光源氏の他の女たちがよこしたのが、冒頭のお見舞いの数々。しかも光源氏が、新しい正妻のもとに行ってしまったタイミングでよこしています。

そして、前後の文脈からも、これらの多くは「お見舞い」に見せかけた「嫌がらせ」ということが暗示されています。

こうした世の中、人間の残酷さを描き出す筆は容赦ありませんが、それでもなお「こんなお見舞いをよこす者のほうが、よほど苦しいのだ」と思える紫の上は、立派です。

若い田舎の男どもが、興味を持って、連絡を取りたがる。とんでもないことだ。「この娘は、見た目は普通ですが、体が不自由なので、結婚させずに、尼にでもしようと思っています」と言いふらして回った。

聞きつついつつ、好いたる田舎人ども、心かけ消息がる、いと多かり。ゆゆしくめざましくおぼゆれば、誰も誰も聞き入れず。「容貌などは、さてもありぬべけれど、いみじきかたはのあれば、人にも見せで尼になして、わが世の限りは持たらむ」

（第二二帖「玉鬘」）

解説

語られている娘とは、玉鬘のこと。「見た目は普通」「体に不自由なところがある」というのは、事実とまったく逆の、嘘の宣伝です。

玉鬘は、格別に綺麗で、光源氏が後見人です。また、実父は頭中将の家柄（つまり裕福）なので、普通なら男達が群がります。その中で「男女の間違い」を避けるため、周りの人が「諦めてください」というために、嘘の宣伝を流したのです。

通常「いい夫」と縁組させるために、周りの人は「うちのお嬢様は、美人で人柄もよく」など宣伝合戦するのが当時の常識なので、完全な逆張りです。当時は、女性が直接人前に出ることはなかったので、この嘘の宣伝でほとんどの男は興味をなくしました。

事態を落ち着かせるために「わざと貶める」「あえて悪く言う」という手段があることを、千年も前から『源氏物語』は示唆しています。

後日になりますが、玉鬘は無骨な醜男（でも性格はいい）・髭黒と結ばれ、大事にされます。

人の噂を、良い方に言い直す人なんて、ほとんど居ないだろう。悪い噂が広がったら、真実を信じてくれる人はまずいない。

人の御名をよざまに言ひなほす人は難きものなり。底に心清う思すとも、しか用ゐる人は少なくこそあらめ。

（第三八帖「夕霧」）

解説

落葉の宮に思いを寄せる夕霧は、一晩の宿を求める口実で言いよりますが、落葉の宮にその気はありませんでした。二人は、何事もなく一夜を過ごしたのですが、翌朝、夕霧が帰宅する際、人に見られてしまいます。当然、二人は男女関係にあると世間は思います。それを知った落葉の宮の母・御息所の言葉です。

「もう、世間にそう思われているのだから、諦めて結婚なさい」という母の姿勢。

世間体が大事、しかも男女関係ですから、噂が立つのはしょうがない一面もあります。

その後、発言した母の死、世間の圧力、家族からの責めなどもあり、最終的に落葉の宮は夕霧と結婚することになります。

世間の圧力というのは恐ろしいものだということが、まざまざと描かれています。

「住めば都」というではないか。そう思えば、質素な家も、華やかな宮中も、なんの変わりがあろうか。愛する家族と一緒に過ごせる場所があるならば、それで十分ではないか。

ものはかなき住まひを、あはれに「何処かさして」と思ほしなせば、玉の台も同じことなり。

（第四帖「夕顔」）

解説

知人をお見舞いに尋ねた先で、近くの質素な家を見た時の、光源氏のしみじみとした思いです。

その見知らぬ家は、粗末な板塀の、小さな作りの家でした。

板塀には、つる草が伝っており、白い花が咲いています。

その花の名前は夕顔。そこは後に夕顔と呼ばれる女性の家でした。


原文の「何処かさして」「玉の台」は、それぞれ古歌の一部で、
・自分の居場所を探すのでなく（何処かさして）、今いる場所が、あなたの居場所。
・宮中（玉の台）に住むのも、草の庵に寝るのも一緒。
という意味の歌です。

そんな古歌を光源氏に思い出させる形で「住めば都」を表現しています。

女性から恨みを、かわないように！

女の怨みな負ひそ

（第九帖「葵」）

解説

いろいろと色恋沙汰をやらかしている光源氏が、父親の桐壺院から、お説教されています。

特に父親から諭されているのは、「大事な貴族の女性を、色恋の相手としてしまわないように」ということです。

帝の子どもである光源氏の周りには、多くの「最上級貴族の娘、妻」などが身近に存在します。

そんな女性たちでも、遠慮なく普通の娘たちと同じように「遊びの恋愛相手として、どんどん誘って、色恋する」のが光源氏。たしかに、そうした娘たちの背後には強い権力者の父などがいるものです。

この時、光源氏は恐縮していますが、その後も問題を繰り返しました。

今も昔も男女関係の軽率な行動は控えたいものです。

第5章　人生を見つめなおす名言

時間はさかさまには流れないものだ。
誰も「老い」からは逃れられない。

さかさまに行かぬ年月よ。
老いは、えのがれぬわざなり。

（第三四帖「若菜」）

解説

老年の光源氏の発言。

この時、光源氏四四～四五歳です。その年齢にもかかわらず、光源氏は歳の離れた若い妻（女三の宮）をもらいます。

しかし、その若い妻は、若い男（柏木）と浮気。それを知りつつも、光源氏は世間体もあり、言及できませんでした。そんな中、光源氏が飲み会の席で、妻の浮気相手の柏木に言った言葉。

老いて寂しい自分を自覚しているような言葉にも取れますし、相手に「お前だって、いずれ老いるんだから」と嫌味を言っているようにも取れます。

『源氏物語』の後半は、若い頃はプレイボーイだった光源氏の「老い」をまざまざと見せつける場面が多くなります。それを光源氏自らの言葉で自覚させるような場面です。

地獄の炎からは、誰も逃げることはできません。そうとわかっていながら、朝露のようにあっという間に消えてしまうこの世への未練があるのも、また人生です。

その炎なむ、誰も逃るまじきことと知りながら、
朝の露のかかれるほどは、思ひ捨てはべらぬになむ

（第三七帖「鈴虫」）

解説

光源氏五〇歳です。周囲に亡くなる人も多く、本人自ら、若い頃から意識しつつも、目を背けてきた出家を意識しはじめます。さすがの光源氏も疲れてきているようです。

出家とはいっても、「男女関係から降りる」「仕事上の義務からの撤退」という意味があります。現在で言えば「隠居生活に入る」に実態は近いでしょうか。そうは言っても、いろいろなしがらみもあり、簡単には出家できない（しない）ことも、示唆されています。

『源氏物語』三七帖目にあたる「鈴虫」ですが、意外なところで見ることができます。それは二千円札。お札の裏側に『源氏物語絵巻』鈴虫の巻の絵が使われています。

命が、いま消えようとしている。目の前で見捨てるなんて私にはできない。池で泳ぐ魚、山で鳴く鹿の命でさえ愛おしいものだ。人生は決して長いものではないが、それでも最後の一日、二日まで命は大事である。

命絶えぬを見る見る捨てむこと、いといみじきことなり。池に泳ぐ魚、山に鳴く鹿をだに、人に捕へられて死なむとするを見て、助けざらむは、いと悲しかるべし。人の命久しかるまじきものなれど、残りの命、一、二日をも惜しまずはあるべからず。

（第五三帖「手習」）

解説

森の木の下で「何か白いもの」がぐったりとしていました。

それを見た人々が「狐の化け物か」「悪霊の死体か」など騒ぎ立てました。

その正体は、入水未遂をした浮舟その人でした。

見つけた人々は「狐の化け物」「悪霊」とも思っている中で、じっとその「正体不明の白い物体」を一時間ほど見続けます。

そんな中、ある僧都が「これは人間にちがいない」に続けて言った言葉です。

僧都のセリフの最後は「仏様は、こうした時ほど救ってくれるものだ」です。

その後、浮舟は救われ、紆余曲折を経て、幸せな人生への再スタートを切ります。

ああ、若い時にもっと恋をしておけばよかった。いつのまにか中年になってしまった。もっと恋しておけば、いまこんなに恋に戸惑うことはないだろうに。私ほど、真面目すぎる人間はいないんじゃないだろうか。

齢積もらず軽らかなりしほどに、ほの好きたる方に面馴れなましかば、かうひうひしうもおぼえざらまし。さらに、かばかりすくすくしう、おれて年経る人は、たぐひあらじかし。

（第三八帖「夕霧」）

解説

光源氏の長男・夕霧が落葉の宮を口説いています。夕霧は、光源氏の厳格な教育もあって一見、堅物。でも、物語全体を通じ、歪んだ人物として描かれています。

右の言葉も、一見もっともらしく聞こえますよね。でも背景を知れば大違い。この時、すでに結婚もしていて、それなりに仕事もできる真面目人間です。それが、未亡人の落葉の宮と出会い、恋に夢中になります。たしかに恋に不慣れですが、けっして純情なわけではありません。

現在とは男女関係の常識が異なるとはいえ、既婚中年男性が「ぼく、恋に不慣れだから上手くないけど、その分、真面目だよ」と、妻とは別の女性を口説いている状況です。

『源氏物語』は、物語に託して、男のこうしたおぞましい姿を、世の女性陣に示しているようです。

また唐衣《からごろも》
唐衣に唐衣
あなたの歌は何でもかんでも「唐衣」

唐衣　また唐衣　唐衣
かへすがへすも　唐衣なる

（第二九帖「行幸《みゆき》」）

解説

これは、光源氏が末摘花に贈った和歌です。
一見、変です。原文を見ても「唐衣」の繰り返しです。
光源氏は、これまで末摘花から三度に渡って「唐衣」の歌を送られています。

1. 唐衣君が心のつらければたもとはかくぞそぼちつつのみ
（意：あなたに会いたい）
2. 着てみれば恨みられけり唐衣かへしやりてん袖をぬらして
（意：あなたに会いたい）
3. わが身こそ恨みられけれ唐衣君が袂になれずと思へば
（意：あなたに会いたい）

毎回「唐衣」で、いずれも「あなたに会いたい、会えないから唐衣（服）が涙で濡れている」という意味です。不器用な末摘花は、和歌も上手ではありません。あんまりにも毎回センスのない同じ歌なので、光源氏がこうしてからかっているわけです。和歌は綺麗な印象がありますが、こういう歌もあります。

せめて、あの猫だけでも手に入れたい。
手なづけて可愛いがれば、僕の寂しさも紛れるかもしれない。

かのありし猫をだに、得てしがな。
思ふこと語らふべくはあらねど、かたはら寂しき慰めにも、なつけむ。

（第三四帖「若菜」）

解説

光源氏の妻・女三の宮は猫を飼っていました。

当時の猫は高級品で、普通の人が飼えない愛玩動物。

その猫をきっかけにして、光源氏の妻を知り、その人妻に恋をした柏木の言葉です。

どうしても、猫が欲しい柏木。いいえ、本当に欲しいのは人妻・女三の宮です。

そして、人づてに女三の宮の猫を手に入れることができました。猫に癒される男・柏木。その後、いろいろな画策もあり、柏木は念願だった女三の宮との浮気に成功します。


『源氏物語』には猫の鳴き声が描かれており、その声は「ねう、ねう」でした。

朝から猫の世話をする。
撫でて、ごはんをあげていくうちに、懐いてきて、衣服の袖にまつわりついて、隣で眠るようにさえなった。
心から、猫は可愛い、と思う。

明け立てば、猫のかしづきをして、撫で養ひたまふ。人気遠かりし心も、いとよく馴れて、ともすれば、衣の裾にまつはれ、寄り臥し睦るるを、まめやかにうつくしと思ふ。

（第三四帖「若菜」）

解説

光源氏の妻・女三の宮に近づくために猫を飼いはじめた柏木の話です。平安時代、猫は貴族だけが飼っている珍しい生き物でした。

柏木は、その珍しい猫をなんとかして手に入れ、世話をしています。それまでは、まったく猫に興味のなかった柏木ですが、その可愛さにゾッコンになっています。

目的や後日談はともかく、猫が可愛いのは平安時代も令和も一緒です。

誰にも知られまいと皆で頑張ったけれど、世間は恐ろしいものだ。どこから漏れたのか、人々の噂を止められず、ついにバレてしまった。

世の人聞きに、「しばしこのこと出ださじ」と、切に籠めたまへど、口さがなきものは世の人なりけり。自然に言ひ漏らしつつ、やうやう聞こえ出で来る

（第二九帖「行幸」）

解説

絶世の美女・玉鬘。美しいだけでなく、家柄もいい。つまり、男としては結婚すると権力者と近づけます。

世間にそうしたことが知られてしまうと男が押し寄せてきてしまうので、なんとか隠そうとしていました。

もっと幼かった頃は、「体が不自由」と周囲が嘘をついていましたが、それにも無理があり、玉鬘の美貌はついにバレてしまいます。その場面の記述です。

世間が「噂好き」というのは、令和の現在も千年前も一緒です。

雪の朝。白髪の老人が働いている。
家族の着る物も貧しそうな身なりである。
思わず涙してしまった。

降りにける　頭の雪を見る人も
劣らず濡らす　朝の袖かな
幼き者は形蔽《かく》れず

（第六帖「末摘花」）

解説

光源氏が、末摘花のところに通い、朝帰りする場面です。光源氏のお年寄りへの慈しみと悲しみが混じった感情が溢れ出ています。大雪の中、老人が門を開けようとしています。古い門なので、なかなか開けられません。結局、女の子が出てきて手伝い、開けることができました。続く「幼き者は形蔽れず」は白居易の漢詩から来ていて「貧しい者（小さな女の子）は、ろくに着るものがないのだろう」という意味です。

その後も、さっきまで会っていた末摘花の見た目が良くないことを思い、「美女でないから、私が面倒をみなければ」と思うなど、全体的に弱者へのまなざしに溢れた部分となっています。

なんでもない空と月。
この風景を人は、
華やかな景色にも、寂しい景色にも、恐ろしい景色にも、
さまざまに見てしまうもの。

何心なき空の気色も、
ただ見る人から、艶にも凄くも見ゆるなりけり。

（第二帖「帚木」）

解説

光源氏が、空蝉と強引に関係を持ち、その後に空を見て。空には、うっすらと有明の月が出ています。

その月を見て「月には、心はない。ただの月である。でも、こうした空を見て、人はそれぞれいいように解釈する」としみじみ感じています。たしかに月は満天、同じ時にすべて同じように照らすはずですが、どう感じるかは人それぞれです。

どれが正しいというわけではありません。状況に応じて、それぞれ感じ方があり、どれもその人にとって正しいのが、解釈の面白いところ。

なにかを否定する場面でなく、さまざまな解釈を肯定する光源氏の、人間への愛情が現れた場面とも言えます。

いろいろと物思いしている間に人生という尊い月日は、
うっかりと過ぎてしまっていた。
私の人生も、ついに尽きてしまう日が来たのだな。

もの思ふと　過ぐる月日も　知らぬまに
年もわが世も　けふや尽きぬる

（第四〇帖「幻」）

解説

光源氏（五二歳）の最後の和歌です。

この歌を最後に、『源氏物語』から光源氏は退場します。

現在の感覚でいえば七〇代くらいでしょうか。

「光る君」と言われた稀代の男も、こうして老いを迎え、人生の最期を静かに待っています。若い頃が華やかな分、その落差で「無常」を感じさせます。

この「幻」の巻の次にあたる「雲隠」は名前だけあり、本文が無い巻です。

この後、出家し、亡くなっていることが暗示されます。

大空を自由に行き来するという幻術士よ。
夢にさえ現れてくれない、
あの人の魂の場所を教えておくれ。

大空を　かよふまぼろし　夢にだに
見えこぬ魂の　行方たづねよ

（第四〇帖「幻」）

解説

前の年に、最愛の紫の上を亡くした光源氏。その紫の上の魂の場所がわからないので、幻術士に託して訴えています。

「死んだあの人に、もう一度会いたい。亡き人の魂の居場所を教えてくれ」と。光り輝くようなプレイボーイだった光源氏も、この時すでに五〇代です。すっかり弱っています。

若い時は好き放題に女遊びしていた光源氏も、最後に思い出すのは、ずっと自分の側にいてくれた紫の上でした。わがまま勝手といえば、その通りですが、それも男の人生の真実の一面でしょうか。

この「幻」の巻は、光源氏の最晩年の出来事で、この歌から「幻」と付けられています。

この年の暮れに、光源氏はこれまでの手紙の数々を焼き、続き「出家、数年後死去」したことが暗示され、このまま『源氏物語』からフェードアウトします。

「死んだ人を恋しがって、かつての手紙を読んでいても、ただ悲しいだけ」

と言い、大事にしていた手紙をすべて焼かせた。

「死出の山　越えにし人を　慕ふとて　跡を見つつも　なほ惑ふかな」

（第四〇帖「幻」）

解説

最晩年（五二歳）の光源氏の「終活」です。
大切に保存していた愛する人との手紙を、すべて焼いてしまいます。

第四一帖「雲隠《くもがくれ》」

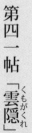

解説

『源氏物語』五四帖のうち、四一帖目にあたる「雲隠」。その「雲隠」には、他の帖には無い特別な性質があります。それは本文がまったく無いということ。帖の巻名だけか書かれていて、中身にあたる文字が一文字も記されていません。

そして、「雲隠」の次の「匂宮」からは、光源氏死後の話が展開していきます。

本文が無いことには、二つの説があります。一つは本文はあったのに紛失したというもの。

もう一つは紫式部の仕掛けという説。あえて、何も書かないことで、読者に、その間に何があったか自由に想像させ、委ねるというもの。「雲隠」という名前も、そうしたことを連想させます。

すべてを明かすのでなく、相手が自由に考えられる余地を残す。

時には、そうした手も有効です。

あとがき

『源氏物語』をめぐる「名言」の旅。
いかがでしたでしょうか。

『源氏物語』が書かれたのは、約千年前（西暦1008年成立）です。
この物語の背景には、現在とは大きく異なる文化・風習が、たしかにあります。
しかし、それでもなお、今にも通ずる言葉も多かったのではないでしょうか。
男女関係、人付き合いの難しさ、夫や妻の浮気、老いの苦しみ。
千年もの間、変わらない人々の営みが繰り返し、そこには描かれています。

『源氏物語』は古典であり、全五四帖にも渡る膨大な長編ですが、尻込みせず、世界に誇るこの素敵な物語・名言を、ぜひ本書をきっかけに、楽しんでいただければ幸いです。

noritamami

【参考文献】

・諏訪園純『〈今・ここ〉に効く源氏物語のつぶやき』武蔵野書院　二〇一八年
・久保田淳（編）『日本の古典名言必携』学燈社　二〇〇〇年
・林望『謹訳　源氏物語』祥伝社　二〇一〇年
・小泉吉宏『大掴源氏物語　まろ、ん?』幻冬舎　二〇〇二年
・玉上琢弥『源氏物語　付現代語訳』KADOKAWA　一九六四年
・高木和子『男読み源氏物語』朝日新聞出版　二〇〇八年
・大塚ひかり『源氏の男はみんなサイテー　――親子小説としての源氏物語』筑摩書房　二〇〇四年
・大塚ひかり『もっと知りたい源氏物語』日本実業出版社　二〇〇四年
・大塚ひかり『カラダで感じる源氏物語』筑摩書房　二〇〇二年

・大塚ひかり『源氏物語の教え　――もし紫式部があなたの家庭教師だったら』　筑摩書房　二〇一八年
・大塚ひかり『嫉妬と階級の『源氏物語』』　新潮社　二〇二三年
・大塚ひかり『面白いほどよくわかる源氏物語　――平安王朝のロマンと時代背景の謎を探る』　日本文芸社　二〇〇一年
・高野晴代『源氏物語の和歌』（コレクション日本歌人選：8）　笠間書院　二〇一一年
・島内景二『源氏物語ものがたり』　新潮社　二〇〇八年
・由良弥生『息つく暇もないほど面白い『源氏物語』』　三笠書房　二〇一三年
・山口仲美『『源氏物語』を楽しむ　――恋のかけひき』　丸善出版　一九九七年
・山本利達（校注）『新潮日本古典集成〈新装版〉　紫式部日記　紫式部集』　新潮社　二〇一六年
・伊藤賀一『キャラ絵で学ぶ！　源氏物語図鑑』（絵：いとうみつる　文：千羽ひとみ）　すばる舎　二〇二三年
・竹内正彦『図解でスッと頭に入る　紫式部と源氏物語』　昭文社　二〇二三年

早わかり『源氏物語』

<table>
<tr><th colspan="3">第１部</th></tr>
<tr><th>第１帖
「桐壺」</th><th>第２帖
「帚木」</th><th>第３帖
「空蝉」</th></tr>
<tr>
<td>登場人物：桐壺帝・桐壺更衣・光源氏・藤壺・葵の上
桐壺帝が統治していた時代。高い身分ではない桐壺更衣という女性が帝の寵愛を一身に受けていた。桐壺更衣は宮中の女性から嫌がらせを受け、皇子を出産したのち、亡くなってしまう。皇子は成長し、優れた才能と美貌から「光る君」と讃えられていた。その才覚が政争に発展することを憂いた帝から、皇子は源の姓を賜る（以降、光源氏）。元服した光源氏は左大臣の娘・葵の上と結婚するが、新たに帝に嫁いだ藤壺に母親の影を求めて、思いを募らせる。</td>
<td>登場人物：光源氏・頭中将・左馬頭・藤式部丞・空蝉
ある雨の夜、光源氏のもとへ、葵の上の兄・頭中将が訪れる。二人の会話は、女性の話へと発展する。そこへ、左馬頭と藤式部丞が訪れ、話はさらに盛り上がる。会話の中で、中流の女性にこそ魅力があるということを教えられた光源氏は、改めて、藤壺への思いを強くする。
翌日、出かけた先に空蝉という中流の女性がいることを知った光源氏は、強引に空蝉と関係を持つ。その後もアプローチをかけるが、空蝉からは断られてしまう。</td>
<td>登場人物：光源氏・空蝉
再訪に応じない空蝉に、光源氏はかえって思いを強くする。空蝉の弟・小君に取り計らってもらい、改めて邸宅を訪れた光源氏は、垣間見た空蝉から、華やかではないが慎しみ深い品の良さを感じる。夜、寝所に忍び込んだ光源氏を察知し、空蝉は小袿を脱ぎ捨てて逃げ出す。
光源氏は、空蝉の脱ぎ捨てた小袿の袖に歌を詠み、空蝉は光源氏の気持ちに応じられないことを返歌として詠んだ。</td>
</tr>
</table>

<table>
<tr><th colspan="3">第１部</th></tr>
<tr><th>第４帖
「夕顔」</th><th>第５帖
「若紫」</th><th>第６帖
「末摘花」</th></tr>
<tr>
<td>登場人物：光源氏・夕顔・六条御息所
　光源氏は、空蝉を訪れていた時期と同じ頃、六条御息所にも通っていた。しかし、光源氏は六条御息所の高貴な身分ゆえの振る舞いに息苦しさを覚えていた。そんな時、偶然に通りかかった家の女主人・夕顔から和歌が届き、その教養に惹かれて、身分を隠して逢うようになる。
　二人は静かな場所を求めて、廃院へ訪れるが、その夜、光源氏の夢に物怪が現れる。目を覚ましてみると、夕顔は正気を失って、そのまま亡くなってしまう。</td>
<td>登場人物：光源氏・紫の上（若紫）
　瘧病に罹った光源氏は、治療（加持祈祷）のため北山に訪れていた。通りかかった家の垣根から、密かに思い続けている藤壺によく似た少女・紫の上を見かける。少女は母を失い、尼君に育てられているというので、光源氏は少女の後見を申し出るが、相手にされなかった。
　四月になって、藤壺が病気のために里に下りてくると、光源氏は藤壺と再会を果たす。その後、藤壺は手紙のやりとりも拒むが、すでに懐妊していた。
　一方、尼君が亡くなったことを機に、紫の上を強引に自分のもとへ盗みとり、育てるようになる。</td>
<td>登場人物：光源氏・末摘花・頭中将
　零落した姫君・末摘花の噂を聞いた光源氏は、頭中将と競って、この姫君にアプローチをかける。逢瀬を果たせたものの、教養を感じない末摘花の対応に戸惑ってしまう。しばらくして、末摘花を訪れた日の夜明け、末摘花の顔を見た光源氏は、その醜さに愕然としてしまう。
　しかし、末摘花の境遇と純粋な心根に同情を感じた光源氏は、彼女の暮らしを支援するようになる。</td>
</tr>
</table>

第1部		
第7帖 「紅葉賀」	第8帖 「花宴」	第9帖 「葵」
登場人物　光源氏・藤壷・桐壺帝・頭中将 　藤壷は、光源氏との子を身ごもる。夫・桐壺帝を愛している藤壷は、罪悪感と、世間に知られることを恐れ、悩む。一方、それとは知らない桐壺帝は、自分の子供ができたことに喜ぶ。 　紅葉の季節。光源氏は藤壷を思いながら、頭中将と青海波という踊りを舞う。その美しさに、皆涙する。翌年、藤壺が出産。生まれた子供は、光源氏にそっくりであった。しかし桐壺帝は、自身の子供と信じて疑わず、藤壷はさらに苦悩する。	登場人物　光源氏・藤壺・朧月夜 　桜の宴の後、藤壷に逢いたくて、光源氏は彷徨っている。しかし、かたくなに拒否するように、藤壷の扉には鍵がかかっている。光源氏は寂しさを感じながら、近くの弘徽殿に寄ると、女性の歌声が聞こえてくる。光源氏はその美しい女性に惹かれ、名前も聞かずに関係を結ぶ。その女性は、右大臣の娘、かつ、弘徽殿女御の妹。しかも光源氏の兄、春宮（後の朱雀帝）の婚約者という身分の女性・朧月夜であった。	登場人物　光源氏・葵の上・六条御息所・紫の上 　葵の上と光源氏の夫婦生活は、葵の上が身ごもると、改善しつつあった。一方、以前からの愛人・六条御息所とは疎遠になり、そのため六条御息所は心細く不安であった。また、六条御息所は、葵祭で葵の上の従者に恥をかかされ、以降、葵の上をひどく恨むようになる。 　妊娠している葵の上に対し、六条御息所が生き霊として現れ、葵の上はどんどん弱っていく。ほどなく、夕霧を出産した葵の上は亡くなる。葵の上亡きあと、光源氏は紫の上と結婚する。

第1部		
第10帖 「賢木」	第11帖 「花散里」	第12帖 「須磨」
登場人物　光源氏・桐壺院・藤壷・右大臣・左大臣・紫の上・朧月夜・六条御息所 六条御息所は、光源氏との恋を諦め伊勢へと下る決意をする。光源氏も別れを惜しむ。 ほどなくして、桐壺院が崩御すると、時勢は左大臣家から右大臣家に移る。光源氏の権力も落ち目となり、右大臣家の勢いに押され始める。 藤壷は秘密が発覚するのを恐れ、桐壺院亡きあと、出家する。そんな折、光源氏と朧月夜の関係が、政敵である右大臣と弘徽殿女御に露呈。光源氏を失脚させる機会とほくそ笑む。	登場人物　光源氏・花散里 立場的に追い込まれた厳しい状況の中、光源氏は、恋人の花散里を訪ねる。 花散里は、姉妹でひっそりと暮らしていた。光源氏は、その訪問の途中、偶然にも、かつて関係を持った女の家を通る。そこで和歌を送るが、すでに別の男がいたようで返歌はつれないものであった。 中川につくと、花散里や、その姉と、昔話などをして一時の安らぎを覚える光源氏であった。	登場人物　光源氏・紫の上・明石入道 失脚した光源氏は京を離れ、須磨にて謹慎生活を送ることになる。紫の上は「一緒に連れて行ってほしい」と願うが、須磨はたいへんな田舎で、連れて行けるような場所ではなかった。 世話になった人などに、さまざまな手紙のやり取りをした後、須磨へ下がる光源氏。須磨で謹慎している光源氏に、ある時、その地の国司である明石入道が「私の娘と結婚しないか」と訪れてくる。

第1部

第13帖「明石」	第14帖「澪標」	第15帖「蓬生」
登場人物　光源氏・桐壺院（故人）・明石の君 光源氏の夢の中に亡き父・桐壺院が現れ「明石に移るよう」に言われる。その夢に従い、光源氏は明石へと移る。 その地で、明石の君（明石入道の娘）と光源氏は結ばれ、やがて明石の君は妊娠する。 一方、京では右大臣家の勢いが衰えたことで光源氏を呼び戻す動きが高まる。そうして、光源氏は、妊娠している明石の君に必ず迎えにくると約束し、京に戻った。	登場人物　光源氏・朱雀帝・冷泉帝・六条御息所・斎宮 朱雀帝が譲位し、春宮（光源氏と藤壺の不義の子）が元服、冷泉帝として即位する。光源氏は、明石から都に戻り右大臣となる。明石の君、明石の姫君を出産。それを聞いた紫の上は心穏やかではない。光源氏はそんな紫の上を気遣いつつも、相変わらず花散里や朧月夜を思い出す。 帝がかわり、帰京した六条御息所は病気になり、出家した後、亡くなる。政界での権力保持のため、光源氏は六条御息所の娘・斎宮を養女にする。	登場人物　光源氏・末摘花 須磨、明石から京へ帰った光源氏。花散里に会いに行く途中、荒れ果てたあばら屋を見て、末摘花を思い出す。光源氏は、それまで末摘花を思い出すことはなかった。しかし、末摘花は、光源氏が自分を迎えに来ることを信じて疑わずにいた。受領の妻になっていた末摘花の叔母は、末摘花に九州へ行くことをすすめたり、召使いにしようとしたが、それにも応じず光源氏を一途に待っていた。その様子を知った光源氏は心を打たれ、後に光源氏の邸に迎えられる。

第1部

第16帖「関屋」

登場人物　光源氏・空蝉

光源氏が逢坂の関を通る時、かつて一度は関係を持ったものの、光源氏から逃げていった空蝉を見かけた。光源氏は懐かしさ、恋しさが募り、文を送る。空蝉は、今も変わらぬ光源氏の気持ちを知り、心が動き、文を返す。その後も、光源氏は空蝉に文を贈るが、空蝉は夫が亡くなった後、継息子にいい寄られ、それから逃れるため出家してしまう。

第17帖「絵合」

登場人物　光源氏・冷泉帝・梅壷女御・弘徽殿女御

冷泉帝に入内した六条御息所の娘・斎宮は、光源氏の後見のもと梅壷女御となる。敵愾心を燃やした権中納言（頭中将）は、冷泉帝の御前で、娘・弘徽殿女御と絵の優劣を競う絵合せを開催する。冷泉帝は絵画を好んでおり、勝てば帝のお気に入りとなる、いわば権力争いである。

なかなか両者の決着がつかず、最後は光源氏が須磨時代の絵日記を提示し、豊かではない生活の風景に冷泉帝は胸を打たれ、光源氏側の梅壷女御の勝利となる。光源氏は自身の栄華を確信する。

第18帖「松風」

登場人物　光源氏・紫の上・明石の君・明石の姫君

光源氏は、新しい屋敷の東の対に明石の君と娘を住まわせる計画をしていた。しかし明石入道が拒み、入道が用意した別荘に明石の君と娘、母尼君を住まわせる。

この別荘で、光源氏は娘である明石の姫君と初めて会い、その可愛いらしさに感激する。光源氏は、明石の君の出自が低いことを思い、明石の姫君を自分たちの幼女として面倒をみてほしいと紫の上に願う。光源氏との間に子供のない紫の上は複雑な思いだったが、了承する。

第1部		
第21帖 「少女」	第20帖 「朝顔」	第19帖 「薄雲」
登場人物　光源氏・夕霧・紫の上・花散里・明石の君・梅壺 光源氏と葵の上の息子・夕霧が元服。光源氏は太政大臣、権中大納言(頭中将)は内大臣になる。光源氏は、夕霧の官位をあえて位の低い六位からスタートさせ、学問の大切さを説いて、大学で勉学に励むようにさせる。夕霧と内大臣の娘・雲居雁は両思いだが、雲居雁を東宮と婚姻させようと画策している内大臣に引き裂かれる。 光源氏の新邸が完成し、紫の上、花散里、明石の君、梅壺を住まわせる。光源氏の黄金時代。	登場人物　光源氏・紫の上・朝顔・藤壺 光源氏は、いとこの朝顔に昔から思いを寄せていて、時折、文のやり取りをしていた。光源氏は、口実をつけて朝顔に会いにいくが、朝顔は光源氏を受け入れようとしない。光源氏と朝顔との関係を知った紫の上は、不機嫌になる。光源氏は、場を和ませようと紫の上と話しているうちに、過去関係を持った女性、藤壺、朧月夜、明石の君、花散里との思い出話を語る。 その晩、亡き藤壺が光源氏の夢に現れ、紫の上に秘密を話したことを嘆き悲しみ責め立てた。	登場人物　光源氏・紫の上・明石の君・明石の姫君・藤壺・冷泉帝 明石の君に、明石の姫君を「紫の上の養女にすること」を説得した光源氏。紫の上もたいそう明石の姫君を可愛がり、光源氏が明石の君の所に通うことを深く考えないようになる。 年が明け、不吉な天変地異が多く、紫の上の父・太政大臣、次いで藤壺が亡くなる。初恋で理想の女性であった藤壺の死に、光源氏は深くうちのめされる。冷泉帝は僧都より、光源氏が父親であることを聞いてしまう。

第1部

第22帖「玉鬘」	第23帖「初音」	第24帖「胡蝶」
登場人物　光源氏・玉鬘・内大臣（頭中将） 光源氏は、二〇年近く前に亡くなった夕顔を忘れずにいた。その夕顔には内大臣（頭中将）との子、玉鬘がいる。玉鬘は夕顔に似てとても器量が良かったため、男たちからしつこく求婚されていた。困ったあげく、神仏だけを頼りに京に逃げることに。その過程で、光源氏の従者に偶然会い、従者は光源氏に夕顔たちのことを報告する。光源氏は夕顔を思い、六条院に玉鬘を引き取ることにした。美しい玉鬘に光源氏は感激した。内大臣は、玉鬘の存在を知らない。	登場人物　光源氏・紫の上・明石の君・花散里・玉鬘・末摘花 光源氏は、自宅である六条院で、華やかに正月を迎える。女たちの住む場所を訪れる光源氏。一人娘の明石の姫君のところへ行くと、姫君の母である明石の君から明石の姫君に「初音きかせよ（初めての文をください）」と和歌が贈られているのを見る。明石の君を思い出した光源氏は、明石の君のもとを訪ね、そのまま泊まってしまう。正月から他の女のもとで過ごされ、朝帰りされてしまい、妻である紫の上は、嫉妬から口も聞いてくれない。しかし、その後も、光源氏は数日に渡り女たちのもとを訪ね歩くのだった。	登場人物　光源氏・玉鬘・蛍宮 京に移り住んだ美しい玉鬘の評判は広まり、たくさんの恋文が届く。その中には、光源氏の弟・蛍宮や髭黒大将などがいて、果ては、柏木までも玉鬘を異母姉と知らず求婚の文を届けてきていた。玉鬘の後見人である光源氏は、玉鬘に届いた文を読み、どの男がいいか吟味する。しかし、光源氏自身も玉鬘への思いを隠しきれなくなり、添い寝をしてしまう。養父の行いに玉鬘はどうしていいかわからず、戸惑い、涙する。

第1部		
第25帖 「蛍」	第26帖 「常夏」	第27帖 「篝火」
登場人物　光源氏・玉鬘・蛍宮 光源氏からの思わぬ告白に玉鬘は思い悩んでいた。一方の光源氏は自制しつつも、思いを隠しきれない。そんな中、玉鬘のもとには蛍宮から熱心な恋文が送られ続けていた。 光源氏は、玉鬘に返事を書かせる。玉鬘からの手紙を受けた蛍宮は、ある日の夕方に玉鬘を訪れ、夕闇の暗い中に几帳越しに出会う。機をみていた光源氏が、無数の蛍を放つと、蛍宮は玉鬘の美しい顔を垣間見、さらに思いを募らせるが、玉鬘からの返事はつれないものであった。	登場人物　光源氏・内大臣の息子たち・近江の君・玉鬘 真夏のある日。光源氏が夕霧と過ごしていると、内大臣の息子たちが訪れる。光源氏は彼らに内大臣と最近引き取った近江の君のことを聞く。光源氏の玉鬘の評判に対抗して探していた、近江の国の女性に産ませた、実の娘である。引き取ったはいいが、近江の君のあまりの行儀の悪さに内大臣は困り果てている。 そんな娘の姿を見て、父親の内大臣は娘を行儀見習いに出すことにした。	登場人物：光源氏・玉鬘 内大臣が、せっかく行儀見習いに出したにも関わらず、近江の君の噂で世間は持ちきりになっていた。「あんな早口で、がさつな娘は見たことない」と、散々な悪評である。 同じ内大臣を父に持つ玉鬘は、養父である光源氏からのアプローチに困りつつも、近江の君と比べて幸せに暮らしていることを思い、光源氏を少し見直す。ある夜、篝火のもと光源氏と玉鬘は添い寝をしている。しかし、玉鬘の断りもあり、男女の関係になることはない。

第１部

第28帖 「野分」	第29帖 「行幸」	第30帖 「藤袴」
登場人物　光源氏・夕霧・紫の上 秋。野分（台風・嵐）の季節である。光源氏のもとへ夕霧が、台風見舞いにやってきていた。そこで偶然、夕霧は紫の上を垣間見る。夕霧は、父の妻である紫の上に会ったことがなかったのである。義母とはいえ、そのあまりの美しさに衝撃を受ける夕霧。そんな息子の姿に、光源氏も気づいてしまう。そんな中、翌日には光源氏と夕霧は一緒に、各所への見舞いに出かけるのであった。	登場人物　光源氏・冷泉帝・玉鬘・髭黒大将・内大臣 冷泉帝が内裏を離れ、外出される行幸の日。その日は、下々の者もお供として京の街を着飾り、練り歩く。玉鬘は、そんな行幸を見物に出かける。光源氏とよく似ている冷泉帝の美しさに心打たれ、また従者としての髭黒大将も見かけるが、見た目が美しくないことで魅力を感じない。その後のこと。光源氏は、内大臣に会いに行き「実は玉鬘は、内大臣の娘である」ことを打ち明ける。内大臣は驚くと共に喜ぶ。一方、近江の君は玉鬘に嫉妬し、周囲からの悪評は重なるばかりであった。	登場人物　玉鬘・夕霧・柏木 玉鬘は内裏で働くことに決まったが、当の本人はなかなか決心がつかない。内裏にいる女性たちとうまくやっていけるか心配だからである。そんな折、夕霧が藤袴の花を差し出しながら玉鬘に恋を打ち明ける。しかし玉鬘はこれを拒否。次いで、以前、玉鬘に告白してきた柏木も訪ねてくる。しかし、その時には玉鬘と血縁であることを知っており、気まずい雰囲気となる。 玉鬘の出仕の日、別れを惜しむ男たちの手紙の中から、蛍宮へは返事を出す玉鬘だった。

第1部		
第33帖 「藤裏葉」	第32帖 「梅枝」	第31帖 「真木柱」
登場人物　内大臣・夕霧・雲居雁・紫の上・明石の君 内大臣は、自分の娘の雲居雁と、娘の恋人だった夕霧の仲を強引に引き裂いたことを後悔していた。いまさらに娘の幸福を案ずる内大臣は、まだ娘のことを想っている夕霧を宴に呼び謝罪。こうして長年のわだかまりや、別れがあったにも関わらず夕霧と雲居雁の結婚が許され、夫婦となった。	登場人物　光源氏・明石の姫君・夕霧 光源氏の娘である明石の姫君が、皇太子妃として宮中に入る日が近づいている。そんな娘のために、着物につける薫物（衣服に匂いをつけるための香）を調合させる光源氏。また、明石の姫君が着物を正式に着用する儀式なども行われた。一方、光源氏の息子・夕霧にはさまざまな縁談が持ちかけられていた。しかし、夕霧はかつての恋人・雲居雁が忘れられない。そんな息子を見て光源氏は、もう雲居雁のことは諦め、他の女性との縁談をそれとなく勧める。	登場人物　玉鬘・髭黒大将・北の方（髭黒大将の妻）・真木柱 絶世の美女・玉鬘を手にいれたのは、意外なことに髭黒大将であった。玉鬘周辺の者たちを巻き込み、強引に体の関係を結んだのである。得意になる髭黒。さらに、この美女を自宅に引き取りたいと画策するが、こうした一連の動きに正妻・北の方が正気を失い、夫である髭黒大将に香炉を投げつけてくるなど大混乱になる。北の方は、娘の真木柱を連れて実家に戻ってしまう。

第2部		
第34帖 「若菜」	第35帖 「柏木」	第36帖 「横笛」
登場人物　朱雀院・女三の宮・光源氏・紫の上・柏木 朱雀院は、病から出家を願うようになる。心残りは娘である女三の宮の行く末である。いろいろと考えたあげく、光源氏に託すことに決め、光源氏も正妻として受けることを了承。光源氏が新たに妻を迎えることに衝撃を受け、紫の上は病に倒れる。 しかし、光源氏は結婚した女三の宮があまりに幼いことから興味を失う。その後、さまざまな偶然の出来事が重なり妻・女三の宮は柏木と浮気。ついには妊娠に至る。	登場人物　柏木・女三の宮・光源氏 病の床についた柏木は、回復する見込みがなかった。最期を悟り、柏木は女三の宮へ手紙を出す。女三の宮は、侍従に促され渋々恨み言を込めた返事をし、柏木は涙する。その後、女三の宮は産気づき、男児を出産。表向きは光源氏と女三の宮の子として、薫と名付けられた。子を抱く光源氏は、薫に柏木の面影を見、祝う気持ちが起こらない。女三の宮は、光源氏に気後れし、ついには出家をする。女三の宮の出家を知った柏木は、容体が悪化し、亡くなってしまう。	登場人物　光源氏・夕霧・柏木（故人）・薫 光源氏と夕霧は、亡くなった柏木の一周忌を行う。そんな折、夕霧は柏木の家族のもとに訪れる。そこで柏木の遺品である横笛を預かる。その夜、夕霧の夢の中に、亡くなった柏木が現れる。そして「横笛を渡したいのはあなたにではない」と言う。夕霧が父・光源氏にそのことを告げると、光源氏は、柏木が笛を残したいのは秘密の子（薫）であることに気づく。それを隠したいがために光源氏は、横笛を自身で預かると話す。

第2部		
第37帖 「鈴虫」	第38帖 「夕霧」	第39帖 「御法」
登場人物　光源氏・女三の宮 出家した女三の宮の念持仏の開眼供養《かいげんくよう》が行われる。夫である光源氏は、若い妻が出家したことを、いまだに諦めきれず、恋の和歌などを送るが、相手にされない。 秋の日。光源氏は、女三の宮の屋敷に人を呼び、庭に鈴虫など放ち、管弦の催しを行う。	登場人物　夕霧・落葉の宮・雲居雁 夕霧は雲居雁と結婚しているが、柏木の未亡人・落葉の宮にも惹かれている。夕霧は自身の恋心を落葉の宮に告白するが、落葉の宮は相手にしない。一方、落葉の宮の母親・一条御息所は夕霧と落葉の宮とが結ばれることを許す気持ちになっている。未亡人の娘の生活が、新たな結婚により安定するからである。しかし、怒り、嫉妬した夕霧の妻・雲居雁による邪魔が入り、事態は進展しない。一条御息所は、このことを気に病み、やがて亡くなる。	登場人物　光源氏・紫の上・匂宮 長年、紫の上は病に臥せっていた。来世のことを思い、出家を願う紫の上。しかし、夫である光源氏は許そうとしない。そんな折に孫である匂宮が見舞いに訪れる。その孫にむかい、それとなく和歌で遺言を残す紫の上。和歌には「私がいなくっても、思い出しておくれ」という内容が含まれていた。暑い夏の八月十四日。光源氏らに看取られるなか、ついに紫の上は亡くなる。

第2部		第3部
第40帖 「幻」	第41帖 「雲隠」	第42帖 「匂宮」
登場人物　光源氏・匂宮 長年連れ添った妻・紫の上を亡くし、光源氏は悲しみにくれる。紫の上と過ごしたさまざまなことを思い返し、苦労をかけていたことを思い起こし、いまさらながらに後悔する。女三の宮や明石の君と会っていても、心が安まることはなかった。孫の匂宮が光源氏のもとを訪れてくると、このときだけは気持ちが紛れる。光源氏五二歳。自身の出家の準備をはじめ、紫の上とやりとりした思い出の手紙も焼いてしまう。	登場人物：なし 帖の名前だけ伝わっていて、本文はない。	登場人物　匂宮・薫 光源氏が亡くなり、数年。物語の中心は、光源氏の息子・薫と光源氏の孫・匂宮に移る。息子と孫とはいえ、血統は異なり（薫は実子ですらない）歳も近い。優れた才覚と美貌を持つ貴公子として、二人は有名になっていた。薫は、自然に体から良い薫りがする美男で、優れた手腕も発揮するが、自身の出生への疑念から恋愛には消極的で、出家することを考えている。匂宮は、当時のお香（薫物）を極め、匂いで薫に対抗。自由恋愛を好み、独身である。

第3部		
第43帖 「紅梅」	第44帖 「竹河」	第45帖 「橋姫」
登場人物　按察《あぜちの》（紅梅）大納言《だいなごん》・匂宮・中の君・宮の御方 柏木の弟・按察大納言には三人の娘がいる。それぞれ年頃になり、結婚を意識する頃になる。按察大納言は、三人いる娘のうち一人、中の君を匂宮と結婚させたいと考え、紅梅を送り匂宮にそれとなく娘との結婚を勧める。しかし、匂宮の返事はつれない。なぜなら匂宮は、三人の娘のうち、宮の御方の方が好きだったからである。しかし、宮の御方は冷たい。	登場人物　玉鬘・大君・冷泉院・今上帝 物語の時間は十年ほどさかのぼる。玉鬘の家は、夫の髭黒大将が亡くなったことで没落していた。そんな中、玉鬘の二人の娘は結婚適齢期を迎え、さまざまな求婚者が現れている。長女である大君は、冷泉院と今上帝という二人の権力者から求婚される。悩んだ末、玉鬘は冷泉院と大君を結婚させることに決める。そのことにより今上帝は怒り、玉鬘の息子たちに冷たくあたる。時の権力者に睨まれた息子たちは玉鬘を恨む。	登場人物　八の宮・薫 光源氏の弟・八の宮は、宇治にこもり仏道に専念している。世間にありながら聖《ひじり》のような生活をしているため「俗聖」と呼ばれている。薫は叔父にあたる八の宮の生き方を、自分の人生の手本だと思い、通い詰める。ある日、薫が宇治を訪れた際、母・女三の宮と柏木がやりとりした手紙を見ることになる。自身の出生の秘密を知った薫は母・女三の宮のもとへ向かうが、経をあげている姿に声をかけることができなかった。

第3部

第46帖「椎本」

登場人物　匂宮・薫・中の君・大君

匂宮は宇治の別荘に向かう。別荘の川向いに「宇治の姉妹（大君と中の君）」が居ることを聞き、興味を持っている。機会があり、匂宮は姉妹の一人、中の君と文のやりとりをするまでになる。

姉妹の後見人である薫は、二人の結婚を勧めるが、姉妹の父・八の宮が亡くなったばかりということもあり、中の君はあまり乗り気ではない。その傍ら、後見人の薫も大君に恋心を伝えるが、大君の返事はつれない。

第47帖「総角」

登場人物　薫・大君・匂宮・中の君

薫は、大君をのぞむが、あくまで大君は拒否する。大君は自身の妹・中の君と薫との結婚を提案する。薫は諦めず、ある夜に姉妹の寝室に忍び込む。大君は逃げてしまい、妹である中の君と薫だけが残され、時間だけが過ぎていった。その後、大君の考えに反して、薫の手引きによって匂宮と中の君が結ばれることになる。ただ、立場上なかなか中の君を訪れない匂宮に心を砕くあまり、大君は病にかかってしまい、ついには亡くなってしまう。

第48帖「早蕨」

登場人物　中の君・匂宮・薫

宇治の山荘に住まう中の君に、山寺の阿闍梨《あじゃり》たちから「初物のわらび（早蕨）」が届く春の季節となった。中の君は、京にある匂宮の屋敷に引き取られることとなる。

中の君の後見人である薫は、改めて中の君を見て「自分が娶ればよかった」と後悔するが、時すでに遅し。中の君は匂宮に嫁ぐ。薫はある時、匂宮の屋敷を訪れる機会がある。そこで中の君とも再会し、親しげに語り合った。匂宮はそんな二人の仲を疑う。

第3部		
第51帖「浮舟」	第50帖「東屋」	第49帖「宿木」
登場人物　浮舟・匂宮・薫 匂宮は、偶然見かけた女性のことが忘れられない。やがて、その女性が、薫が囲っている浮舟だと知る。どうしても浮舟を手にいれたい匂宮は、深夜に薫の声色を真似て浮舟の部屋に強引に入る。無理矢理の形で男女の関係となってしまった二人。しかし浮舟は、情熱的な匂宮にも好意を持つ。その後も浮舟は、薫と匂宮との関係を平行して続けてしまう。二人の男の板挟みに悩んだ浮舟は、入水を思い立ってしまう。	登場人物　浮舟・薫・匂宮 薫は、大君と瓜二つの容姿を持つ、美しい浮舟を好きになる。しかし、浮舟の母は、別の男と結婚させることに決めてしまう。その男は、財産目当てだったため、簡単に浮舟との結婚の約束を反故にする。浮舟の母は、そんな娘を不憫に思い、小さな邸（東屋）に娘を匿う。薫はその話を聞き、浮舟を改めて自身の館に引き取る。	登場人物　今上帝・薫・女二の宮・匂宮・中の君 今上帝は、薫に対し、娘の女二の宮との結婚を勧める。しかし、薫は気が進まない。一方、中の君は匂宮との子を妊娠する。しかし、その匂宮と別の女性・六の君との新たな結婚話が持ち上がり、匂宮も承諾する。悩む中の君。薫は、人妻である中の君を狙っているが、妊娠していることを知り、諦める。そんな折、薫は中の君の異母妹の浮舟のことを知ることとなる。

第3部		
第52帖 「蜻蛉」	第53帖 「手習」	第54帖 「夢浮橋」
登場人物　薫・匂宮 浮舟は入水を決意。やがて、浮舟が消息不明となったことで、宇治の館では大騒動になる。普段の悩んでいる姿から「身投げをしたのでは」と推測され、亡骸が見つからないまま葬儀が行われる。薫と匂宮は、それぞれ考えたり、悩んだりする日々を過ごすが、そんな中でも日々の生活と共に月日は流れていく。	登場人物　浮舟・横川《よかわ》の僧都 横川の僧都たちが、森の中で、何かが横たわっているのを発見する。よく見ると、若い女性であり、すでに死んでいるようにも見えた。しかし、よくよく見ると、まだ生きている。見つけた僧都は、何かの縁だと思い、連れて帰り皆で看病する。やがて意識を取り戻した女性は、浮舟その人であった。浮舟は僧都に頼み、出家して尼となる。 浮舟が生きていることが薫の知るところになると、薫は事実を確かめに浮舟を訪ねる。	登場人物　浮舟・薫・横川の僧都 浮舟が生きていることを知り、薫は驚く。すぐに薫は手紙を送る。しかし、薫からの手紙に対しては「人違いです」と返してしまう。事情を知った僧都も、浮舟に還俗し再び普通の女性として生きることを提案するが、浮舟は断る。浮舟は尼として、生きていくことを決めたのである。

【著者】

noritamami（のりたまみ）

雑学王として知られ、『世界のねこことわざ』（ハーパーコリンズ・ジャパン　2024年）、『超訳　古今和歌集　＃千年たっても悩んでる』（ハーパーコリンズ・ジャパン　2023年）、『つい話したくなる　世界のなぞなぞ』（文藝春秋　2014年）、『へんなことわざ』（KADOKAWA　2011年）、別名義 酒田真実にて『ココ・シャネル99の言葉』（扶桑社　2018年）など30冊以上の著作がある。

幼少期より琴を習い、『源氏物語』をはじめとする古典や和歌をたしなんできた。趣味は読書、映画、旅行。最近はどっぷりと古典文学の世界にハマり、さまざまな古典の名言を探しながら読みふける。愛猫の「みーちゃん」と暮らしている。

超訳『源氏物語』
千年たっても恋してる

2024年 4月　23日　第1版第1刷発行

著　者　noritamami

発行者　高　橋　　考
発　行　三　和　書　籍
〒112-0013　東京都文京区音羽 2-2-2
電話 03-5395-4630　FAX 03-5395-4632
sanwa@sanwa-co.com
https://www.sanwa-co.com/
印刷／製本　中央精版印刷株式会社

ISBN978-4-86251-538-4　C0091